Printemps à Rome

Barbara Cartland est une romancière anglaise dont la réputation n'est plus à faire.

Ses romans variés et passionnants mêlent avec bonheur aventures et amour.

Vous retrouverez tous les titres disponibles dans le catalogue que vous remettra gratuitement votre libraire.

Barbara Cartland

Printemps à Rome

traduit de l'anglais par Denyse RENAUD

Éditions J'ai lu

Ce roman a paru sous le titre original :

THE PRICE IS LOVE

1

Le téléphone sonnait avec rage. On aurait dit qu'il sonnait ainsi depuis des heures. Il y eut le bruit d'une autre sonnerie, sans doute celle de la porte; elle s'interrompit et des pas se firent entendre; puis des voix.

– Il doit rouler sur l'or! As-tu vu son étui à cigarettes?

La voix était haute, jeune, toute proche.

– Ça ne veut rien dire, on peut le lui avoir donné en paiement d'un pilotage. Papa disait l'autre jour que des gens très riches engagent parfois des pilotes aussi facilement que des chauffeurs.

– Je crois que l'avion lui appartient.

– Tu crois peut-être aussi que c'est un prince, non?

– Oh! pas un prince, non! J'aimerais bien mieux que ce soit un producteur de cinéma. Comme ça il pourrait me donner un rôle. Ce serait formidable!

La phrase fut coupée par un petit rire, puis la voix reprit avec une certaine nostalgie :

– Que ce serait bon d'être riches! Pense un peu à toutes les robes que nous pourrions avoir...

– Personnellement, je préférerais faire réparer mes chaussures, dit une autre personne, demeurée muette jusqu'alors.

– Oh! Dacia! Va-t-il mieux?

– Qui est-ce? As-tu découvert des choses sur lui?

Les deux voix résonnèrent ensemble.

– A vos deux questions, la réponse est non.

La nouvelle voix était péremptoire et, en même temps, singulièrement douce.

– Maintenant, si vous voulez, allez préparer quelque chose pour le déjeuner, reprit-elle. Vous savez que papa doit aller en ville cet après-midi et toute cette histoire l'aura considérablement retardé.

L'homme qui écoutait cette conversation ouvrit les yeux. Un instant, il crut que tout cela faisait partie d'un rêve, les sonneries, les voix, la souffrance qui martelait sa tête et cet étrange engourdissement de ses jambes.

Il tenta de se tourner et eut l'atroce impression de recevoir un coup de couteau. Il faillit hurler, mais se retint, car quelqu'un entrait. De nouveau, il entendit la voix calme et douce de tout à l'heure.

– Essayez de ne pas remuer, mon père sera là dans un instant.

Il tourna la tête et, avec bien du mal, parvint à distinguer un visage qui lui parut paisible et charmant. Les yeux qui le fixaient étaient bleu foncé, frangés de cils très sombres.

– Où suis-je?

Sans s'en rendre compte, il avait interrogé avec brusquerie.

– Vous êtes dans un village du Worcestershire,

dans la maison du Dr Vancroft. Vous avez eu un accident, vous en souvenez-vous?

– Quel genre d'accident?

– Un accident d'avion.

Il ferma les yeux car il souffrait et ses souvenirs lui revenaient en désordre : il se rappelait très bien avoir été inquiet, quelque chose n'allait pas dans le moteur.

– Il est revenu à lui, papa, dit la voix près de lui.

– Bien. Je savais que ce ne serait pas long.

– Suis-je blessé?

Ouvrant les yeux de nouveau, il vit un homme d'un certain âge, au visage las et ridé, dont l'expression était réconfortante.

– Vous n'êtes pas trop touché, répondit celui-ci. Vous souffrez probablement d'une commotion et vous avez une vilaine plaie à la jambe, mais vous avez de la chance, beaucoup de chance de vous en tirer à si bon compte.

– Je me rappelle : j'ai fait un atterrissage forcé.

– Et vous avez été habile, remarqua le médecin. Par malchance, il y avait un fossé invisible dans ce champ et votre avion a culbuté, mais il n'a pas pris feu et je pense qu'il n'est pas trop endommagé.

L'homme étendu sur le lit poussa une exclamation.

– Je ne peux pas rester ici, dit-il, j'ai un rendez-vous.

Il essaya de s'asseoir, mais l'effort provoqua une douleur si vive qu'elle lui coupa le souffle.

– Il faudra vous ménager un peu, dit tranquillement le médecin. Buvez ceci.

Il souleva la tête du blessé. Ce dernier but, incapable de résister. Ce ne fut qu'en sentant une soudaine somnolence l'envahir qu'il devina ce qui s'était passé.

– Diable! gronda-t-il. Je ne voulais pas de...

Il ne put achever sa phrase, sa colère elle-même s'émoussait, l'obscurité se referma sur lui : sa respiration devint plus régulière, il tomba dans l'inconscience.

Le médecin posa le verre et se tourna vers sa fille.

– Il va dormir trois ou quatre heures au moins, dit-il. Quand il se réveillera, donne-lui à boire et tâche de le faire tenir tranquille jusqu'à mon retour. Il faut que nous lui fassions surmonter le choc. Mais je connais ce genre d'individu, il ne cédera jamais.

– Maintenant, il a l'air tout à fait docile.

– Où sont les papiers que je dois emporter à l'hôpital?

– Je vais les chercher. Que dois-je faire pour ce client-là en vous attendant?

– Que veux-tu dire?

– Ne devrions-nous pas avertir quelqu'un de sa présence ici? demanda la jeune fille.

– Je pense que la police s'est occupée de ça. Après tout, ce sont eux qui nous l'ont amené.

– Je donnerai un coup de fil au sergent Spicer, dit Dacia en souriant. Et si sa famille vient le voir, je ferais mieux de préparer un gâteau pour le thé.

Le Dr Vancroft se mit à rire.

– Tu ne peux résister à l'envie de jouer les hôtesses, dit-il. Charge tes sœurs de s'occuper de ça.

– Je leur ai dit de préparer le déjeuner. Vous allez bien manger un en-cas avant de partir?

– Je n'ai pas le temps, répondit le médecin. Je suis déjà suffisamment en retard.

– Papa, supplia sa fille, il faut que vous preniez quelque chose!

– Ne te tracasse pas, je mangerai un sandwich en chemin.

Déjà il se dirigeait vers la porte et, dans le vestibule, enfilait son vieux pardessus de tweed.

– Attendez un instant, je vais vous en faire un, cria Dacia.

– Je ne peux pas, ma chérie. Au revoir. Et ne t'inquiète pas du blessé, tout ira bien.

Le médecin sortit de la maison à la hâte, monta dans sa voiture et s'en fut avant que sa fille ait pu insister davantage.

Dacia rentra. Elle ne voyait même plus les tapis élimés ni le chintz usé des fauteuils, mais elle se rappela qu'elle voulait demander à son père de l'argent pour la maison et qu'elle ne l'avait pas fait. Maintenant, il faudrait attendre au lendemain pour payer le boucher qui ne serait pas content : il avait été tout à fait désagréable la veille, tandis qu'elle venait lui faire une toute petite commande.

– Je regrette, miss Vancroft. Ce n'est pas seulement pour l'argent, mais les comptes débiteurs me donnent tant de travail! Je n'ai pas de personnel pour faire ça.

– Je suis désolée, avait-elle répondu.

Combien de fois avait-elle dû dire la même chose aux différents fournisseurs ces temps derniers?

Elle entra dans la cuisine et trouva sa sœur Gaye assise devant la table, lisant un magazine, tandis que Christine, la plus jeune des Vancroft, tournait dans une casserole un mélange indiscutablement brûlé.

– Le déjeuner n'est pas prêt? demanda Dacia. Vous savez que vous m'avez promis de porter un paquet à la vieille Mrs Evans cet après-midi.

– C'est loin, chez Mrs Evans! Ne peux-tu pas y envoyer quelqu'un d'autre?

– Il n'y a personne, répondit la jeune fille. Je pourrais y aller moi-même, mais papa veut que je reste ici pour veiller sur notre nouveau client.

– Pourquoi ne l'a-t-on pas envoyé à l'hôpital? demanda Christine.

– Il n'y a pas un seul lit à l'hôpital en ce moment, expliqua Dacia. Papa a dit au sergent qu'il prendrait le blessé ici. C'est seulement pour vingt-quatre heures : je pense qu'il partira demain.

– Espérons qu'il paiera sa pension, déclara Christine. On pourrait toujours confisquer son porte-cigarettes en or s'il ne le fait pas.

– Ce n'est pas forcément de l'or, dit Gaye. On imite très bien les choses maintenant.

Dacia retira la casserole des mains de sa cadette.

– Il vaudrait mieux que je termine ça, dit-elle. Qu'est-ce que c'est?

– Des œufs brouillés. Nous devrions avoir aussi des saucisses, mais je ne sais pas où elles sont. Je trouve d'ailleurs que ces œufs ont une odeur bizarre.

– Cela n'a rien d'étonnant, soupira Dacia, ils sont complètement brûlés.

Le mécontentement perçait dans sa voix, mais elle était pleine de remords : c'était sa faute si les saucisses demeuraient introuvables, elle n'avait pas eu le courage de les demander au boucher après ses reproches.

– Moi, déclara Gaye, je ne veux pas manger, il

faut que je maigrisse. Je prendrai du fromage, s'il y en a, et de la salade.

– Il doit rester du fromage, mais je gardais la laitue pour papa : elle est terriblement chère en ce moment, répliqua Dacia.

– Eh bien, je prendrai seulement du fromage, dit Gaye avec bonne humeur. Je n'ai pas vraiment faim.

Dacia versa les œufs dans un plat et les mit sur la table avec des pommes de terre cuites au four.

– Quand nous aurons fini, dit-elle, je vous laisserai la vaisselle à laver et je ferai le ménage : rien n'a été rangé ce matin.

– C'est à cause de cet inconnu qui nous est tombé du ciel, grommela Gaye. Si seulement c'était un producteur de cinéma!

– Il n'a pas ce genre-là du tout, déclara Dacia, péremptoire. Nous saurons bientôt ce qu'il en est, je vais appeler le sergent.

– C'est ça, interroge le sergent, recommanda Christine. Tu nous donneras des nouvelles à notre retour de chez Mrs Evans.

Ses tâches ménagères terminées, Dacia se rendit dans le bureau de son père, pièce voisine de celle où dormait le blessé. Le Dr Vancroft avait installé là une salle d'examen qui pouvait accueillir les cas urgents s'il s'en présentait dans le village. L'hôpital était distant de cinq milles et il est parfois préférable de soigner un malade sur place.

La jeune fille alla fermer la porte de communication : elle s'arrêta un instant pour voir si le blessé n'avait besoin de rien; il dormait profondément et, pour la première fois, elle l'observa.

Il avait un visage énergique qui aurait été beau sans la dureté des lignes qui allaient du nez à la bouche et celles des sourcils qui semblaient froncés de façon permanente. Le menton carré trahissait une farouche détermination.

« Il doit être impitoyable », pensa la jeune fille.

Son instinct professionnel lui signala que la fenêtre dispensait une lumière trop vive et elle baissa le store.

Puis elle referma la porte sans bruit, s'assit à la table de son père et décrocha le téléphone.

– Est-ce vous, sergent? demanda-t-elle. Ici, Dacia Vancroft.

– Ah! Miss Vancroft! J'allais justement appeler votre père pour demander des nouvelles de ce monsieur. Il faut que je fasse mon rapport, vous comprenez!

– Oui, bien sûr. Il n'est pas gravement atteint : il est un peu commotionné et il a une plaie à la jambe. Mais il a eu un comportement normal à son réveil.

– C'est parfait, mademoiselle. Avez-vous découvert son identité?

– Son identité? répéta la jeune fille. J'allais vous demander son nom!

– Il n'y a aucun renseignement dans l'avion... rien du tout. J'ai examiné ses poches un peu vite, il avait l'air mal en point et je voulais l'emmener chez le docteur.

– En ce cas, il faudrait regarder encore, dit Dacia. Vous n'avez donc pas alerté sa famille?

– Ma foi, non, miss Vancroft. J'aurais dû le faire tout de suite, je le sais, mais il y a eu un autre accident au carrefour et cela m'est un peu sorti de la tête.

– Ne vous tourmentez pas, sergent, dit gentiment la jeune fille. Cela n'a aucune importance.

Elle savait très bien que le sergent n'était qu'un vieil incapable : il ne faisait jamais rien comme il fallait, mais tout le monde l'aimait bien au village. Dacia le connaissait depuis qu'elle était enfant; il approchait de la retraite et faisait partie du paysage, autant que l'église et le bistrot.

– Si vous pouvez prévenir la famille, miss Dacia, tout sera en règle, dit le brave homme, rasséréné. Puis-je vous rappeler plus tard afin d'avoir le nom pour mon rapport?

– Je vous appellerai moi-même, promit Dacia.

Elle posa l'écouteur et retourna près du blessé. Elle prit sa veste sur une chaise, une veste de simple tweed, mais, en la soulevant, elle constata que sa qualité était bien supérieure à tout ce que son père avait jamais porté. La douceur du tissu et la doublure disaient assez qu'il s'agissait d'un vêtement de luxe.

Elle trouva un mouchoir dans une poche et dans une autre, l'étui à cigarettes qui était tombé pendant le transport du blessé dans la maison et qui avait tant intrigué Gaye et Christine. C'était un lourd étui d'or guilloché que fermait un petit saphir. Il ne portait aucune inscription.

Dans la poche intérieure, Dacia découvrit enfin ce qu'elle cherchait : un portefeuille en crocodile. La première chose qu'elle vit en l'ouvrant fut une liasse de billets de banque de cinq livres, si épaisse que ses yeux s'agrandirent d'étonnement. Ensuite, elle trouva des papiers d'aspect officiel, un permis de conduire et des cartes de visite.

Il ne faisait pas assez clair dans la pièce pour qu'elle pût lire, aussi remit-elle tous les papiers dans le portefeuille et, ne gardant qu'une carte de visite, elle regagna le bureau.

« Sir Marcus Cunningham », lut-elle sur le bristol. En dessous du nom, à droite, il y avait une adresse et, dans l'autre angle, l'indication « Club Carlton ».

Sir Marcus Cunningham... Le nom paraissait familier. Pourtant, il n'évoquait pour la jeune fille aucun souvenir précis. Elle avait dû l'entendre, mais elle ne savait plus à quel propos.

Reprenant le téléphone, elle appela les renseignements et, après quelques minutes, elle put former le numéro du blessé sur le cadran. Elle entendit une sonnerie et une voix féminine répondit.

– Pourrais-je parler au plus proche parent de sir Marcus Cunningham? demanda la jeune fille.

– Pardon...?

La voix trahissait la surprise.

– Son plus proche parent, répéta Dacia. N'a-t-il pas une femme? Ou sa mère?

– Qui êtes-vous et pourquoi ces questions?

– Je vous parle de chez le Dr Vancroft, dans le Worcestershire, répondit Dacia. Sir Marcus a eu un accident : il a fait un atterrissage forcé.

– Mon Dieu! Est-il grièvement blessé?

– Non, pas grièvement, mais je crois que sa famille devrait être prévenue.

– Sir Marcus n'a pas de famille, fut la réponse inattendue. Je suis l'une de ses secrétaires. Je pense que je ferais mieux de décommander ses rendez-vous pour aujourd'hui?

Dacia hésita un instant.

– Vous êtes tout à fait sûre pour la famille? insista-t-elle. Presque tout le monde en a une.

– Si sir Marcus en a une, je n'en ai jamais entendu parler. Peut-être est-il brouillé avec elle?

– Oh!

La jeune fille ne savait que répondre.

– Je n'aurais pas dû dire cela, reprit la secrétaire précipitamment. De toute façon, sir Marcus n'aimerait pas qu'on fasse quoi que ce soit sans ses instructions. Je reste ici pour le cas où il aurait besoin de moi.

– Je le lui dirai.

Dacia reposa l'appareil et ne put s'empêcher de sourire. Il était clair que la secrétaire redoutait sir Marcus. Elle avait donc deviné juste : le blessé était un homme terrible!

Elle téléphona au sergent Spicer, puis, poussée par une impulsion qu'elle n'aurait su expliquer, elle alla revêtir son uniforme d'infirmière.

« Il me verra sous un meilleur jour, se dit-elle en se regardant dans la glace. Comme ça, j'ai l'air beaucoup plus compétente. »

Elle éprouvait toujours un sentiment de satisfaction intime quand elle était en uniforme. Elle avait fait ses études à l'hôpital de la ville voisine et elle aurait voulu y rester ainsi qu'on l'y invitait, mais sa mère était morte sur ces entrefaites et elle avait compris que sa place était au foyer de son père.

Désespérément, elle tentait de remplacer la disparue, mais bien souvent elle se réveillait pendant la nuit en se disant qu'elle n'y réussissait pas. Son père gardait l'air malheureux et perdu. Depuis l'enterrement, c'était son expression habituelle.

Seule sa mère aurait deviné combien elle avait regretté de quitter l'hôpital.

– Je suis contente de vous, avait dit la directrice. Si les choses s'arrangent chez vous, j'espère que vous nous reviendrez.

Tout en répondant qu'elle le souhaitait vivement,

Dacia savait déjà que ce ne serait pas possible : il lui fallait prendre la barre et diriger la maisonnée. Si elle se dérobait, qui donc prendrait soin de ses sœurs, de son frère et de son père?

– Veille sur ton papa, ma chérie, je t'en prie, lui avait dit sa mère, alors qu'elle se sentait près de la fin. Seul, il ne prendrait jamais un repas décent, il ne penserait jamais à lui.

– Je m'occuperai de lui, avait promis la jeune fille.

Jamais elle n'oublierait le sourire reconnaissant qui avait flotté sur les lèvres de la mourante.

Mais ce n'était pas facile. Il y avait ce cruel souci d'argent : les factures accumulées depuis la maladie de Mrs Vancroft n'étaient pas encore toutes payées : dans son angoisse, le docteur avait consulté pour sa femme spécialiste après spécialiste, essayé traitement après traitement; aucune amélioration ne s'était produite et, maintenant, il fallait régler les notes.

Et Dacia savait trop bien que son père était incapable de s'occuper de questions d'argent. De plus, il était d'une désolante générosité.

– Oh! papa, vous n'avez tout de même pas payé le séjour de Mrs Jarvis au bord de la mer? demandait Dacia, devinant, hélas! la réponse.

– Hum! personne d'autre ne pouvait l'aider et c'était sa seule chance de se remettre, dit le médecin d'un air confus.

– Le ministère de la Santé ne pouvait rien faire?

Dacia s'interrompait : à quoi bon discuter? Le prix des vacances de Mrs Jarvis et toutes les petites sommes nécessaires à une douzaine d'autres personnes sortiraient infailliblement de la poche du

Dr Vancroft. Il n'y avait rien à faire avec lui, et finalement, elle ne l'en aimait que davantage.

Les deux petites n'étaient pas rentrées. Dacia se rendit à la cuisine et prépara le thé. Elle mit sur un plateau une tasse pleine, des biscuits et une tranche du gâteau qu'elle avait confectionné au cours de l'après-midi; puis, le plateau à la main, elle se rendit chez son malade. Elle entendit un mouvement dans le lit et posa son chargement sur la table de chevet; le soir tombait déjà, cette journée de mars avait été grise et pluvieuse.

– Etes-vous réveillé? demanda-t-elle doucement.

– Oui. Et je suis furieux qu'on ait osé me faire dormir! répondit une voix coléreuse.

– Je suis désolée.

– Dacia alluma la lampe auprès du lit, puis alla tirer les rideaux devant la fenêtre. Un radiateur électrique rougeoyait dans la cheminée et elle intensifia la chaleur; enfin, elle mit le plateau à portée du blessé qui observait ses mouvements.

– Où est ce fichu imbécile de médecin? questionna-t-il.

– Mon père est sorti. Il devrait bientôt rentrer.

– Oui, évidemment, c'est votre père, grogna le blessé. Et vous êtes infirmière. Vous n'étiez pas en uniforme quand je me suis endormi.

– Je suis infirmière, oui. J'aide mon père quand il a besoin de moi.

– Eh bien! puisque vous êtes de la partie, dites-moi combien de temps va durer cette comédie, riposta-t-il. J'ai des choses importantes à faire, je ne peux pas traîner ici.

– Personne ne désire vous voir traîner ici une minute de plus qu'il n'est indispensable, répondit la jeune fille. Mon père pense qu'on pourra vous transporter demain, soit chez vous, soit dans une clinique.

– Je n'irai ni d'un côté ni de l'autre! répliqua brutalement sir Marcus.

Il tenta de changer de position. Dacia l'entendit reprendre sa respiration et devina que ce simple effort avait été terriblement douloureux.

– Je vais vous aider, dit-elle.

Elle le soutint avec adresse, tout en redressant les oreillers derrière son dos.

– Maintenant, prenez votre thé, dit-elle. Voulez-vous du lait et du sucre?

– Seulement du lait.

Il fronçait les sourcils qui se rejoignaient presque au-dessus de son nez. Dacia se demanda si elle lui avait fait mal ou s'il était encore fâché d'avoir dormi. Il buvait son thé à petites gorgées.

– J'ai... j'ai téléphoné chez vous, sir Marcus, dit la jeune fille d'une voix un peu hésitante.

– Ainsi, vous savez qui je suis?

– J'ai été obligée de chercher vos papiers : la police ne les avait pas trouvés et le sergent avait besoin du renseignement pour faire son rapport.

– Un rapport à qui? gronda le blessé. Quelle stupidité! Je ne veux pas que les journaux se saisissent de cette histoire!

– Les journaux? s'exclama la jeune fille.

– Les journalistes sont toujours à l'affût de tout, comprenez-vous? Ne parlez de moi à personne!

– J'ai été obligée de parler de vous à la police, déclara Dacia. Et, comme je vous l'ai dit, j'ai téléphoné chez vous, à Londres.

– Pourquoi?

– Pour demander si vous aviez de la famille.

– Et pourquoi aurais-je de la famille?

– La plupart des gens ont une famille, répondit patiemment la jeune infirmière, et, quand il y a un accident, leur famille s'inquiète.

– Eh bien! Dieu merci, personne ne peut s'inquiéter pour moi, grommela sir Marcus. Est-ce miss Ainsworth qui vous a répondu?

– Si c'est votre secrétaire, oui. Elle m'a dit de la rappeler si vous aviez besoin de quelque chose. Elle a dit aussi qu'elle décommandait vos rendez-vous d'aujourd'hui.

– En tout cas, c'était raisonnable. Je les remettrai à demain.

Il vit l'air dubitatif de Dacia et insista :

– Je suppose que ce sera possible?

– Cela dépend de ce qu'étaient ces rendez-vous...

Il fronça les sourcils.

– Eh bien! je dois partir pour Rome par avion. Il faut que j'y aille, c'est très important.

– Je crains que ce ne soit tout à fait impossible, fit Dacia.

Le blessé sursauta.

– Impossible? Rien n'est impossible! En tout cas, pas à moi! Plus vite vous comprendrez cela, mieux ce sera, et si vous croyez qu'un médicastre m'empêchera de faire ce que je veux, vous vous trompez étrangement!

– Je suis certaine que mon père, si c'est lui que vous traitez de médicastre, ne vous empêcherait pas de vous jeter dans la rivière si vous en aviez envie, rétorqua Dacia, et, quant à moi, je ne vous retiendrais pas!

En parlant, elle fut horrifiée de ce qu'elle disait. Elle n'avait, certes, pas eu l'intention de parler sur ce ton. Répondre insolemment à un malade, même s'il l'a provoquée, c'est une faute grave pour une infirmière.

Pourtant, elle n'avait pu maîtriser cet accès de colère. Elle ne pouvait pas ne pas répondre vertement à qui osait insulter son père, cet homme prêt à peiner jour et nuit pour soulager ses malades. Elle fit face à sir Marcus d'un air de défi. L'émotion faisait trembler ses genoux. A sa grande surprise, il se mit à rire.

– Tiens, tiens! On dirait que vous avez votre petit caractère? Et vous êtes même en colère, ma parole! Je n'aurais pas cru cela d'une petite personne aussi pondérée. Est-ce l'uniforme qui vous produit cet effet?

– Je ne sais pas ce que vous voulez dire, répondit Dacia, subitement calmée, mais je regrette de vous avoir parlé ainsi. J'espère que vous voudrez bien l'oublier. Maintenant, si vous avez fini votre thé, je vais panser votre jambe.

– Non, je n'ai pas fini. Asseyez-vous un instant et dites-moi quand je serai en état de voyager.

La jeune fille secoua la tête.

– Ce n'est guère à moi de donner mon avis, dit-elle. Je crois que vous devriez demander à un spécialiste : mon père vous en indiquera un, si vous le désirez, et celui-là vous précisera le moment où vous pourrez vous rendre à Rome sans danger.

– J'ai mieux à faire que perdre mon temps et mon argent à consulter ces gens, riposta sir Marcus avec impatience. J'irai à Rome quand je voudrai.

– Oui, naturellement, dit Dacia.

Elle se rappelait soudain que le blessé souffrait d'une commotion et qu'il ne fallait pas l'irriter.

– Dès que mon père rentrera, vous lui expliquerez les choses, reprit-elle. En attendant, puis-je m'occuper de votre jambe?

– Maintenant, vous essayez de m'endormir! maugréa sir Marcus. Ne vous imaginez pas que je me laisse prendre à ce genre de discours, j'en ai trop entendu au cours de ma vie. Oui, faites ce pansement et n'en parlons plus : je sais très bien que ça va me faire mal. Cela ne servira à rien que vous vous fâchiez.

– Je n'ai pas l'intention de me fâcher! riposta Dacia, furieuse.

Une fois de plus, elle répondait avec impatience. Elle sortit vivement de la pièce de peur de continuer.

« Qu'est-ce que j'ai? se demanda-t-elle. Ai-je perdu l'habitude du métier, depuis mon départ de l'hôpital? Pourquoi cet homme m'exaspère-t-il à ce point? »

2

– Qu'a-t-il dit, Dacia? demanda Gaye, les yeux brillants.

– Il n'a pas dit grand-chose, répliqua-t-elle, sauf qu'il veut partir le plus vite possible.

– As-tu découvert son nom? demanda Christine.

Dacia hocha la tête.

– Oui, c'est sir Marcus Cunningham.

Christine fronça les sourcils.

– Il me semble avoir entendu ce nom-là, murmura-t-elle. Oh! Je sais! C'est l'homme volant! Bien sûr! Robin parle toujours d'avions et sir Marcus en construit. Il a inventé un nouveau moteur ou quelque chose de ce genre.

Gaye fit la grimace.

– Des avions! Comme c'est peu intéressant! Pourquoi ne s'occupe-t-il pas de cinéma ou de télévision? Là, il aurait pu nous servir.

– Si les vœux avaient des ailes, tout le monde pourrait voler, dit Dacia en riant. Allez préparer le dîner. Papa devrait rentrer d'une minute à l'autre, il est déjà horriblement en retard. Je viendrai vous aider dans un instant, j'ai des messages à inscrire pour lui.

– Encore des malades à voir? demanda Christine. Pauvre papa! Quelle idée, aussi, d'être médecin!

Dacia hocha la tête en soupirant; elle avait six appels à transmettre à son père et cela signifiait qu'il avalerait son dîner en cinq minutes, ou bien qu'il s'en passerait. Il était plus ardu de s'occuper de lui que de tout le reste de la maisonnée et elle se demanda une fois de plus comment sa mère réussissait à l'obliger à prendre des repas et à se reposer.

Avec soulagement, elle entendit la porte d'entrée s'ouvrir et elle courut dans le vestibule pour accueillir le médecin. Elle vit avec tristesse qu'il avait l'air très fatigué.

– Vous rentrez bien tard, dit-elle. Comment vous sentez-vous?

Sans répondre, il prit le bloc, près du téléphone, et lut ce qui s'y trouvait inscrit.

– Est-ce tout? demanda-t-il. Rien de Mrs Lane?

– Son mari a téléphoné, elle va beaucoup mieux et vous n'avez pas besoin d'y aller, à moins que vous ne passiez devant chez eux. Il avait l'air très reconnaissant.

Le visage fatigué du docteur s'éclaira : il s'intéressait particulièrement à Mrs Lane et essayait pour elle une nouvelle thérapeutique, en se demandant avec angoisse quel en serait le résultat.

– Sir Marcus veut vous voir, ajouta la jeune fille.

– Sir Marcus comment?

– J'oubliais que vous ne le saviez pas : sir Marcus Cunningham, j'ai trouvé son nom dans son portefeuille. C'est l'homme des avions... enfin, c'est ce qu'affirme Christine.

Le Dr Vancroft s'exclama.

– L'homme des avions, sir Marcus Cunningham? Seigneur! je pense bien. C'est une personnalité très importante. J'aurais dû demander un spécialiste immédiatement.

– Papa! Si vous doutez de vous et que vous demandez un spécialiste pour tous les gens que vous soignez, nous aurons vraiment trop à faire! protesta la jeune fille en riant.

– Peut-être, mais pour lui... Sir Marcus Cunningham! Je ferais aussi bien d'aller le voir.

Le docteur retira son pardessus et le jeta sur une chaise. En regardant son dos voûté et ses cheveux grisonnants, tandis qu'il traversait le vestibule, Dacia pensa avec angoisse qu'il se tuait au travail. Elle se rappela le dîner et demanda :

– Aurez-vous besoin de moi?

– Oui, j'aimerais examiner la jambe. Quand as-tu fait le pansement?

– Vers 4 heures et demie, quand j'ai apporté le thé.

– Bon. Si le blessé se sent bien, nous pouvons laisser aller les choses jusqu'à la nuit, mais viens tout de même.

Docilement, bien que sans plaisir, Dacia suivit son père dans la chambre. Sir Marcus était allongé sur ses oreillers, mais semblait agité et tendu. Il jeta au médecin un regard agressif.

– Je commençais à croire que vous me laissiez tomber, dit-il d'un ton accusateur.

– Je suis désolé de revenir aussi tard, répondit le Dr Vancroft. J'avais une grave opération à préparer. Comment vous sentez-vous?

– C'est plutôt pénible... mais je peux le supporter.

– Je vais vous donner quelque chose pour calmer la douleur, dit le médecin.

– Je ne veux pas de vos drogues! gronda sir Marcus. Je veux partir d'ici... demain, sinon ce soir.

– Très bien. Je vais voir à vous faire admettre dans une clinique. Avez-vous une préférence?

– Je ne veux pas aller dans une clinique, répliqua sir Marcus avec impatience. Il faut que j'aille en Italie et vous allez m'aider.

– C'est impossible! s'écria le Dr Vancroft. Absolument impossible! J'aimerais appeler un spécialiste, sir Marcus, pour avoir une autre opinion que la mienne.

– Une autre opinion? Pourquoi? Etes-vous inquiet de mon état?

– Non, mais vous avez de sérieuses contusions, une jambe qui exigera beaucoup de soins pendant une quinzaine de jours, et une commotion qui semble passée, répondit le médecin. Mais les chocs sont d'étranges choses. Comme pilote, vous le savez certainement. Ils peuvent avoir des conséquences à retardement et, à mon avis, vous ne serez pas en état de voyager avant deux ou trois jours au moins.

– Voyons, écoutez-moi, dit sir Marcus avec exaspération.

Il essaya de s'asseoir et grimaça de douleur.

– Comprenez-moi, dit patiemment le docteur. Si vous continuez à vous agiter ainsi, vous allez beaucoup souffrir.

– Je me fiche pas mal de souffrir! grogna sir Marcus. J'ai un rendez-vous à Rome après-demain et il faut que j'y aille.

Le Dr Vancroft regarda sa montre.

– Peut-être réussirais-je à joindre le Pr Bower à son adresse personnelle, dit-il. Il est chef de clinique à l'hôpital Saint-Guy, mais il a une maison de campagne près d'ici. Je vais lui demander de me rendre le grand service de venir vous examiner.

– Si vous faites ça, je ne le paierai pas, répondit sir Marcus rudement. Les spécialistes et les professeurs ne m'intéressent pas. J'ai parfaitement confiance en votre opinion, je suis sûr que vous avez raison et que vous savez ce dont vous parlez. Mais il faut que je sois à Rome mercredi et je vous demande de m'aider à m'y rendre.

Il avait presque crié les derniers mots, mais, à la grande surprise de Dacia, son père se contenta de rire et de s'asseoir sur une chaise à côté du lit.

– Est-ce avec cette méthode que vous construisez vos avions? demanda-t-il. Est-ce là ce qu'on appelle l'essor industriel?

Les deux hommes se regardèrent, puis, après un moment, le visage sévère et crispé de sir Marcus se détendit et ses lèvres esquissèrent un sourire.

– Je regrette d'avoir élevé la voix, dit-il, mais vous ne savez pas combien tout cela est grave et urgent.

– Si vous me l'expliquiez?

– C'est bien simple. Vous avez entendu parler du Zeus, je pense?

– Le nouvel avion auquel vous travaillez? dit le docteur. Oui, même moi, qui n'ai jamais le temps de lire les journaux, j'ai entendu parler du Zeus.

– Bon. Nous avons commencé la fabrication, reprit sir Marcus. Les derniers essais ont été particulièrement réussis; mais avant que nous ne soyons vraiment tout à fait prêts, voilà que se présente pour nous la chance de vendre un grand nombre de Zeus...

– Bravo!

– Il est naturellement d'une énorme importance pour ma maison, continua sir Marcus, et plus encore peut-être pour le prestige des ailes britanniques, que nous obtenions cette commande. Mais nous avons à lutter contre une opiniâtre concurrence.

Le médecin hocha la tête.

– Les Américains, je pense?

– Les Américains, les Italiens, les Allemands et les Français sont tous sur les rangs, répondit le blessé. La commande doit être remise dès que sera prise la décision et les représentants de la puissance acheteuse rencontreront mercredi, à Rome, tous ceux qui ont des avions à vendre. C'est pour cela qu'il faut que j'y sois.

– Je vois.

– Et je ne peux envoyer personne à ma place, personne n'a le pouvoir de faire des concessions ou de prendre des décisions. Voilà ce qui se passe, ajouta sir Marcus avec un léger sourire, quand on dirige une affaire dans tous ses détails.

– Je vois, répéta le Dr Vancroft. La situation est plutôt compliquée.

– Elle est très simple, au contraire! protesta sir Marcus. Vous n'avez qu'à me remettre sur pieds. Si vous croyez vraiment qu'un de ces fichus spécialistes peut le faire mieux que vous, appelez-le; mais ne faites pas venir un type pour qu'il répète seulement ce que vous m'avez déjà dit et qu'il me recommande de ne pas m'agiter. Je n'en tiendrais aucun compte.

– Eh bien, que suggérez-vous? demanda le médecin.

– Voilà ce que je vais faire : je vais demander par téléphone l'avion le plus confortable et le meilleur pilote qu'on puisse trouver. Vous pourrez me conduire à l'aéroport sur une civière si vous voulez. Je voyagerai allongé, la tête en bas ou accroché au plafond, comme il vous plaira : mais je partirai.

– Très bien, répondit le docteur paisiblement. Je suppose que je transgresse toutes les règles de ma profession en cédant, mais vous m'avez l'air parfaitement décidé à n'en faire qu'à votre tête et tout ce que je peux vous dire est : « Bonne chance! »

– Merci, docteur.

Sir Marcus tendit la main.

– Si jamais j'ai besoin d'un spécialiste, c'est vous que je ferai venir, ajouta-t-il. Est-ce convenu?

– Non, vous ne m'appellerez pas, rétorqua le médecin. J'ai bien trop à faire dans mon coin pour m'occuper de personnages comme vous. Vous ne respectez pas les conseils autorisés et, si vous mourrez, c'est moi qui serai condamné par le Conseil de l'Ordre!

– Je ne mourrai pas, déclara sir Marcus.

– Il y a tout de même une chose que j'exige pour vous laisser partir.

Sir Marcus fronça les sourcils.

– Quelle chose?

– Il faut qu'une infirmière vous accompagne. Votre jambe a besoin d'être pansée deux fois par jour. Si vous aviez un peu de bon sens, j'essayerais d'obtenir qu'une infirmière italienne vous attende à votre arrivée à Londres, mais je n'ai aucune confiance en vous! Ce qu'il vous faut, c'est une infirmière compétente, sévère, qui vous fera obéir aux règles de la plus élémentaire raison et qui vous mettra au lit quand vous souffrirez tant que vous n'aurez même plus la force de vous tenir debout!

– Non, répondit sèchement sir Marcus.

– Bon. Je vous préviens que votre jambe risque de s'infecter et, de toute manière, elle vous fera très mal si elle n'est pas soignée correctement. De plus, si vous entreprenez cet absurde voyage, vous aurez besoin de piqûres diverses, y compris d'une injection quotidienne. Sur ces points, je vous préviens que je serai inflexible. C'est donc à vous de décider : ou bien vous restez ici, ou bien vous m'obéissez et vous emmenez une infirmière.

– Le diable soit de vous! gronda sir Marcus. S'il y a une chose que je déteste, c'est qu'on fasse des embarras pour moi!

– Je trouverai une infirmière qui n'en fera pas, promit le docteur, à condition que ce soit possible en si peu de temps.

Il se tourna vers Dacia qui se tenait près de la porte, immobile, et qui écoutait la conversation.

– Veux-tu téléphoner tout de suite? dit-il.

– Ce ne sera pas facile, répondit la jeune fille. Vous vous rappelez quand nous en cherchions une la semaine dernière? On nous a dit qu'il n'y avait personne, sauf à mi-temps.

– Appelle Londres.

– A cette heure-ci, tout sera fermé. Je vais essayer l'hôpital près d'ici.

– Pourquoi tant d'histoires? demanda soudain sir Marcus. C'est vous que je vais emmener.

A travers la pièce, leurs regards se rencontrèrent et Dacia eut l'étrange impression que le blessé tendait une main et se saisissait d'elle. Pendant quelques instants, elle fut incapable de parler, elle ne pouvait que le regarder en silence. Elle dit enfin avec un petit rire :

– Bien sûr que non! Comme mon père vous l'a dit, je vais chercher une spécialiste qui saura vous faire obéir.

Sir Marcus se tourna vers le médecin et Dacia sentit qu'il n'avait même pas écouté ce qu'elle disait.

– Votre fille m'accompagnera, dit-il. Elle sait ce qu'elle doit faire et cela vous évitera de perdre du temps en inutiles démarches. Tout ce qui reste à faire est de téléphoner à l'aérodrome.

– Je ne crois pas pouvoir me passer de ma fille, dit le Dr Vancroft, visiblement surpris.

– Elle est infirmière, non?

– Oui, elle a ses diplômes, mais elle me seconde et elle dirige la maison. Il me semble que j'ai encore plus besoin d'elle que vous.

– Vous n'avez qu'à prendre quelqu'un pour la remplacer pendant une semaine, dit sir Marcus. Combien me coûterait une infirmière?

Le médecin regarda sa fille.

– Je ne me rappelle pas les tarifs, dit-il. Je pense que, dans votre cas, vous auriez à payer environ vingt livres par semaine puisqu'il faut aller à l'étranger. Plus, naturellement, le prix du voyage retour.

Disons cinquante livres en tout... peut-être un peu moins.

– Cinquante livres! répéta sir Marcus.

Tour à tour, il regardait le docteur et Dacia. La jeune fille avait l'impression qu'il se livrait à un exercice de calcul mental.

– Je vais emmener votre fille et je lui donnerai trois cents livres, dit-il brusquement.

Le Dr Vancroft se redressa piqué au vif.

– Je crois que vous délirez, dit-il avec calme. A moins que vous ne fassiez une plaisanterie d'assez mauvais goût. Dacia, va téléphoner au foyer des infirmières!

– Non, arrêtez! commanda sir Marcus. J'ai parlé tout à fait sérieusement. En fait, j'augmente mon offre, je la porte à cinq cents livres. Attendez! ajouta-t-il, devinant que le médecin allait protester. Laissez-moi parler. Je veux aller à Rome et j'irai. Selon vous, je dois emmener une infirmière. Eh bien, je ne vais pas m'encombrer d'une femme que je n'ai jamais vue auparavant. Je veux quelqu'un qui me connaisse, qui sache à quoi s'en tenir sur ma jambe blessée et sur tout ce qui ne va pas en moi.

Il fit une courte pause et reprit :

– Je suis resté suffisamment longtemps dans cette maison pour comprendre que vous avez besoin d'argent. Naturellement, tout le monde a besoin d'argent, mais vous en avez particulièrement besoin. Vous avez deux autres filles qui sont en âge de demander beaucoup à la vie et, d'après la photographie que je vois sur cette commode, vous avez également un fils dont l'instruction doit être assez onéreuse. J'ai travaillé toute ma vie et je sais ce que c'est que les difficultés financières! Je sais combien il est difficile de vivre sans fortune et combien il est dur de se passer d'une foule de petits agréments.

– Mais enfin, sir Marcus... commença le Dr Vancroft.

Un geste impatient de son étrange client l'interrompit.

– Laissez-moi finir. Cette somme inespérée vous rendrait service : d'abord, vous avez besoin d'un complet neuf; ensuite, cette pièce devrait être repeinte. Et d'après ce que j'ai entendu depuis mon arrivée, tout le monde a besoin de beaucoup de choses dans cette maison.

Dacia, soudain, traversa la pièce. Dans un coin, les précédents occupants de la maison avaient ménagé une petite porte qui faisait communiquer la chambre avec le petit salon où elle et ses sœurs se tenaient d'habitude. Ainsi qu'elle s'y attendait, la porte était entrebâillée et elle comprit que sir Marcus avait parfaitement entendu tout ce que les jeunes filles avaient dit. Elle se sentit rougir et elle cherchait désespérément à se rappeler les propos échangés le matin quand sir Marcus reprit la parole :

– Cinq cents livres sont pour moi un bien petit prix si, grâce à cela, je puis atteindre Rome en bon état et me sentir en mesure de mener à bien d'importantes négociations. Pourquoi discuter ma proposition? Je suis sûr, miss Vancroft, que vous trouvez comme moi que votre père devrait accepter?

Cette fois, il s'adressait à elle. Lentement, Dacia vint vers le pied du lit et regarda le blessé en face.

– Je ne peux pas aller à Rome avec vous, dit-elle. J'ai trop de choses à faire ici.

– Ainsi vous vous croyez indispensable? fit remarquer sir Marcus d'une voix que la jeune fille jugea ironique. Faites-vous vraiment des choses que personne d'autre ne peut faire à votre place? La cuisine, par exemple? Je suis certain qu'une bonne âme, dans le village, serait enchantée de la faire pour gagner quelques shillings. Quant aux soins médicaux, s'il est possible de trouver une infirmière pour m'accompagner à Rome, pourquoi ne pas la faire venir ici pour aider votre père?

– C'est impossible! répliqua Dacia.

Elle avait l'impression qu'il voulait la forcer à agir contre sa volonté et que toutes les fibres de son corps résistaient désespérément.

– Je ne puis croire que cinq cents livres n'auraient pas leur utilité dans cette maison, reprit sir Marcus.

Dacia, soudain, s'aperçut que son père la regardait et elle devina ce qu'il pensait : ces dettes, dont on leur réclamait le remboursement mois après mois. La pension de Robin au collège, les vêtements qui manquaient tant à Gaye et à Christine.

Le Dr Vancroft détourna la tête.

– Non, dit-il avec fermeté, c'est impossible! Mettons clairement les choses au point : si Dacia part avec vous, elle gagnera le salaire normal d'une infirmière dans de telles conditions et pas davantage.

Il y eut un lourd silence que rompit la sonnerie du téléphone.

– J'y vais, dit Dacia, vivement, sautant sur cette occasion de quitter la pièce.

– Non, je vais répondre, répondit son père. Le Dr Jamieson devait m'appeler à cette heure-ci.

Il sortit et ferma la porte derrière lui. Machinalement, Dacia rangea la chaise sur laquelle il s'était assis.

– Alors? demanda sir Marcus. Avez-vous l'esprit pratique ou voulez-vous jouer les héroïnes?

– Je ne sais pas ce que vous voulez dire.

– Mais si, vous le savez très bien. Cinq cents livres seraient pour vous un don du ciel. Je m'attendais à la réponse de votre père. Je vois très bien qu'il est si dévoué à ses malades qu'il ne sait même pas combien de shillings il y a dans une livre. Mais vous êtes différente. Je pense que vous y êtes obligée.

– Je ne sais pas de quoi vous parlez, dit encore Dacia.

Elle avait si peur qu'elle en perdait le souffle.

– Faut-il vraiment que je m'explique davantage? demanda sir Marcus d'une voix basse et tranquille qui semblait aussi impérieuse que s'il avait crié. Faut-il que je vous dise que votre devoir consiste à aider votre famille si vous avez assez de cran pour ça? Vous pouvez leur faciliter la vie à tous, vous pourriez peut-être même aider celle qui a envie de tenter sa chance dans les studios de cinéma en l'y envoyant décemment vêtue. Il y a tant de choses que vous pourriez faire à condition de n'être pas étouffée par un stupide orgueil.

– Pourquoi êtez-vous aussi odieux? demanda la jeune fille avec une soudaine flambée de colère. Nous ne voulons pas de votre argent! Nous n'en avons pas besoin.

– Ce serait fort heureux si c'était vrai, répondit tranquillement le blessé. N'avez-vous réellement pas besoin d'argent? Allons, il vous faudra bien mentir si vous voulez me tromper.

– Evidemment, nous avons besoin d'argent,

gronda la jeune infirmière. Qui n'en a pas besoin? Mais comment pouvez-vous insulter des gens qui se sont efforcés de vous porter secours? Nous sommes parfaitement heureux tels que nous sommes; nous nous débrouillons.

– Est-ce la vérité? Vous débrouillez-vous si bien que cela?

– Que vous importe? demanda-t-elle. En quoi cela vous regarde-t-il?

– En rien, riposta sir Marcus. Mais je pensais que vous consentiriez à faire un sacrifice pour votre famille que vous prétendez aimer.

Elle le regarda, presque muette de colère, les joues rougissantes et les poings crispés par l'effort qu'elle faisait pour rester calme.

– Je ne « prétends » pas l'aimer, dit-elle d'une voix étranglée.

– Alors, faites quelque chose. Vous êtes comme les autres, prête à rendre service à condition que cela ne vous gêne pas. Il est très simple d'aimer et de donner quand cela n'entraîne aucune contrainte.

– Et vous pensez qu'accepter votre argent serait pour moi une contrainte et un sacrifice?

Un sourire inattendu erra sur les lèvres de sir Marcus.

– Mais bien sûr, dit-il. Pensez un peu comme vous répugnez à céder! Pensez à quel point il vous déplaira de prendre mon argent. Et pourtant, il ne s'agit que d'une semaine de votre vie : ensuite, vous n'aurez plus que le plaisir de dépenser cette somme.

– Mais... je ne peux pas, dit Dacia. Je... je ne peux pas la prendre. Papa... ne me le permettra jamais.

– Pourquoi lui en parler? demanda tranquillement le blessé. Je lui dirai que vous consentez à venir à Rome et, comme c'est un bon père qui vous aime, il sera heureux pour vous de cette occasion de voir la Ville Eternelle, de changer d'air.

– Vous me demandez de le tromper?

– Pour son bien, naturellement.

Dacia le regardait toujours. Elle se dit que jamais elle n'avait exécré un homme à ce point. Il y avait quelque chose dans ses yeux sombres, dans la courbe de ses lèvres, qui lui donnait envie de l'insulter. En même temps, elle aurait voulu s'enfuir et se cacher.

– Etes-vous décidée? demanda sir Marcus.

– Non... non. Je... je ne sais... que vous dire, bégaya la jeune fille.

Elle finissait de parler quand la porte s'ouvrit : son père revenait. Sir Marcus se tourna vers lui :

– Docteur, j'ai une bonne nouvelle pour vous, dit-il. Votre fille consent à m'accompagner à Rome.

– Non, mais... je...

Dacia essaya de protester, mais un seul regard de ses yeux sombres la réduisit au silence.

– Je lui en suis très reconnaissant, reprit sir Marcus, et je vous promets que je prendrai soin d'elle et que je ne la garderai pas plus qu'il ne sera nécessaire.

– Evidemment, si Dacia désire aller là-bas... murmura le médecin avec hésitation.

– C'est pour elle l'occasion de visiter l'une des plus belles cités du monde, expliqua le blessé. Il me semble qu'elle mérite bien des vacances.

– Oui, en effet, admit le docteur. Mais si elle part, il est bien entendu qu'elle sera payée ce que le serait n'importe quelle infirmière. Il n'est pas question de lui donner un sou de plus.

– Non, non. Nous avons tout arrangé, votre fille et moi.

Les lèvres de Dacia s'entrouvrirent. Elle voulait crier qu'elle n'avait rien arrangé du tout. Pourtant, les mots ne sortirent pas de sa gorge.

– Voilà donc un détail fixé, poursuivit sir Marcus avec entrain. Maintenant, mon cher ami, il reste la question de l'aérodrome. Appelez l'aérogare, dites-leur qui vous êtes, dites que je veux un avion spécial et demandez qu'on envoie une voiture ou une ambulance, comme vous voudrez, pour venir me chercher ainsi que mon infirmière.

Il souriait. Un sourire triomphant, pensa Dacia.

– Ce sera là un beau voyage pour toi, ma chérie, lui dit doucement son père. Tu vas nous manquer, mais je suis sûr que nous nous tirerons d'affaire. J'ai toujours désiré connaître Rome...

Il se tourna pour se diriger vers la porte mais, sortant brusquement d'une sorte d'apathie, Dacia s'écria :

– Papa, attendez! Je ne partirai pas si mon absence vous gêne trop!

Elle aurait voulu ajouter que toute la maison allait s'effondrer si elle la quittait, mais, comme elle le rejoignait, il mit une main sur son épaule.

– J'ai souvent pensé que j'exigeais trop de toi, dit-il. Je trouve tout naturel que tu te dévoues à moi et j'ai tort : tu es jeune, mon petit, je l'oublie toujours! Tu n'as pas eu beaucoup de plaisirs dans la vie depuis la mort de ta mère... Va donc à Rome et amuse-toi quand sir Marcus n'aura pas besoin de tes services : c'est une chance que tu ne retrouveras peut-être jamais.

L'affectueuse bonté de la voix donnait envie de pleurer à la jeune fille et sa gorge s'était serrée à la rendre muette. Lorsque le médecin fut sorti de la pièce, elle resta là, immobile, essayant de mettre de l'ordre dans le chaos de ses pensées, cherchant à savoir ce qu'elle devait dire, ce qu'elle devait faire.

– Ainsi, vous n'êtes pas tout à fait aussi indispensable que vous vouliez bien le croire? dit l'odieuse voix qui venait du lit.

– Peut-être n'êtes-vous pas indispensable non plus, riposta Dacia, exaspérée par ce qu'elle prenait pour de l'ironie.

– Je crains qu'en ce qui concerne mon cas, on ne puisse vraiment pas se passer de moi, dit-il.

Dacia serra les lèvres pour s'exhorter au silence. Elle n'allait plus discuter avec lui. Elle allait voir son père et s'assurer vraiment qu'il approuvait son départ. S'il le déplorait, même cinq cents livres ne contrebalançaient pas le tourment perpétuel infligé par sir Marcus.

– Avant que vous ne sortiez, dit celui-ci, voudriez-vous secouer mes oreillers?

C'était là une requête que sa profession l'obligeait à satisfaire et, bien qu'elle eût envie de lui répondre qu'elle ne voulait rien faire pour lui, elle revint docilement à son chevet et, de ses mains légères et adroites, elle rétablit le confort de son lit. Elle sentait son cœur battre de colère et sa respiration passait trop vite entre ses lèvres entrouvertes.

Elle ne put s'empêcher de regarder le blessé. Ses yeux sombres l'observaient et il avait encore cet abominable sourire railleur sur les lèvres.

– Voulez-vous autre chose? parvint-elle à dire froidement.

– J'aimerais un verre d'eau. Je pense qu'il n'y a pas de glace dans la maison!

– Si, nous avons un réfrigérateur.

– Alors, de l'eau glacée me ferait plaisir... à moins que votre père ne me permette un whisky et soda.

– Je suis certaine que non.

La jeune fille sortit de la chambre. Elle ne pouvait s'empêcher de penser qu'il lui imposait ces efforts uniquement pour l'irriter.

« Il veut en avoir pour son argent », se dit-elle.

Elle gagna la cuisine en courant, y prit un petit plateau et l'emporta avec un verre d'eau fraîche.

« Je serai stricte et intransigeante avec lui, se dit-elle. Je ne me laisserai plus aller à la colère. Je ne répondrai rien, quoi qu'il me dise. »

Elle allait sortir de la cuisine lorsqu'un tourbillon émergea du couloir et la heurta violemment, lui faisant tomber le plateau des mains; l'eau se répandit sur son tablier blanc et le verre alla se briser en mille morceaux sur le sol dallé.

– Dacia, papa vient de me dire! Oh! Dacia, c'est formidable!

– Petite idiote, regarde ce que tu m'as fait faire! répondit Dacia avec fureur. (Ses nerfs avaient cédé tout à coup.) Pourquoi te précipites-tu comme ça, Gaye? Tu manques me jeter par terre, tu fais tout tomber. Ne peux-tu regarder où tu vas?

Elle frappa du pied. Les larmes ruisselaient sur ses joues.

– Tu l'as cassé. Tu as cassé le verre!

Tandis qu'elle parlait encore d'une voix étranglée et rageuse, elle vit la stupeur se répandre sur le visage de sa cadette.

– Dacia, que se passe-t-il? demanda Gaye, effarée.

Soudain, des bras tièdes entourèrent le cou de Dacia, une joue satinée se pressa contre la sienne.

– Ma chérie, qui t'a fait de la peine? Pourquoi es-tu si fâchée? Jamais tu n'es comme ça! Je croyais que tu serais si contente d'aller à Rome et voilà que tu pleures! Papa a sûrement raison, tu as besoin de vacances.

– Je n'ai... p...pas be...soin de va...cances, sanglota Dacia, je... je ne... veux pas aller... à Rome!

– Mais si, protesta Gaye, tu veux sûrement y aller. Oh! Dacia, que t'arrive-t-il?

Comme une enfant, Dacia s'essuya les yeux avec le dos de sa main.

– Ce n'est... rien, je suis... désolée, Gaye. Je ne voulais pas... être mécontente. C'est seulement que... tu m'as fait peur. Je suis tracassée et tourmentée d'avoir... la responsabilité de sir Marcus.

– Si j'étais toi, je ne m'en ferais pas, déclara Gaye. Tout ça sera tellement amusant! Pense à tous les gens que tu vas rencontrer! Oh! et tu pourras aller à la fontaine de Trevi, comme dans le livre : *Trois pièces d'argent dans la fontaine*, tu sais? Et tu te rappelles le film? Je l'ai tellement aimé!

– Je ne pense pas que j'aurai le temps de rien voir, soupira Dacia. Il faudra que je sois constamment à la disposition de sir Marcus.

– C'est fantastique! reprit Gaye sans rien écouter. Il tombe du ciel sur nous, littéralement, et, avant qu'on ait eu le temps de dire « ouf », voilà que tu t'envoles avec lui! Oh! Dacia, on dirait le début d'un roman!

– Ce serait tout à fait ça, s'il ne s'agissait pas de sir Marcus, soupira Dacia.

– Tu ne l'aimes pas? demanda Gaye, soudain perspicace, car, en général, elle ne remarquait guère les émotions ou les sentiments des autres.

Dacia secoua la tête.

– Il est horriblement antipathique, dit-elle, et pour être tout à fait sincère, je crois qu'il me fait un peu peur.

– C'est pour ça que tu es si bouleversée, déclara Gaye d'un air entendu. Bah! tu trouveras bien un moyen de lui échapper quand tu seras à Rome et peut-être que tu rencontreras là-bas un charmant comte italien qui t'invitera à venir voir le Colisée au clair de lune!

– Invitation que je refuserai, répondit Dacia, parce que, le soir, je serai dans une chambre d'hôtel en train de panser la jambe de mon malade!

– Oh! Dacia, que tu es peu romanesque! s'écria Gaye. Je suis sûre, au contraire, que ce sera merveilleux. J'y pense... as-tu de quoi t'habiller?

– J'y ai pensé aussi, répliqua sa sœur. Je porterai mon uniforme. Heureusement, presque toutes mes blouses sont propres.

Elle alla chercher un autre verre dans l'armoire, le remplit et le mit sur le plateau.

– Sois un ange et prépare un plateau pour sir Marcus, dit-elle. Je reviens tout de suite et je dirai à papa que le dîner est prêt : il faut qu'il ait quelque chose à manger avant de sortir. Où est Christine?

– Elle change de robe; tu n'as pas oublié que nous allons chez les Johnson?

– Non, je n'ai pas oublié, dit Dacia machinalement.

L'univers qu'elle connaissait et comprenait se refermait de nouveau sur elle. Elle était honteuse de sa sortie envers sa sœur et elle y repensa en se rendant à la chambre du blessé. Que lui arrivait-il?

Elle se secoua.

« Soyons raisonnable! se dit-elle. Je ne vais pas me laisser intimider par sir Marcus! »

Elle ouvrit la porte et entra. Le blessé avait les yeux fermés. A la lueur de la lampe de chevet, elle vit qu'il avait le visage creusé par la souffrance.

– Puis-je faire quelque chose pour vous? demanda-t-elle d'une voix très différente de celle qu'elle avait décidé de prendre en s'adressant à lui.

Il ouvrit lentement les yeux.

– Oui. Dites à votre père de me donner une de ses maudites drogues. Je ne crois pas que je puisse supporter beaucoup plus longtemps cette torture.

Dacia posa le verre d'eau près du lit et se dirigea vers la porte : elle pouvait bien détester sir Marcus en tant qu'homme, mais le malade suscitait sa compassion.

« Il est brave, se dit-elle soudain, très brave! »

Et, dans un sens, cette pensée lui fut un encouragement pour lutter contre son appréhension de l'avenir.

3

A travers la vitre épaisse du hublot, Dacia voyait les Alpes. Les montagnes au sommet neigeux formaient un panorama féerique dans la lumière dorée.

Tout à coup, elle éprouva la joie de l'expectative. Jusque-là, elle avait eu trop à faire pour penser à son voyage; maintenant, elle comprenait qu'elle avait toujours eu envie d'aller à Rome.

En s'éveillant, ce matin-là, elle ressentait l'étrange

impression que connaissent tous ceux qui vont partir : un mélange d'agitation et d'énervement, de tristesse à l'idée de laisser derrière soi tout ce qu'on aime, de crainte d'avoir le mal du pays.

Ses sœurs étaient venues dans sa chambre bien avant qu'elle fût prête.

– Es-tu contente? lui demanda Christine. Je n'ai pas pu dormir tant j'ai pensé à toutes les belles choses que tu vas voir!

– Je voudrais que vous puissiez partir toutes deux à ma place, répondit la jeune fille. Ainsi pourrions-nous dire qu'il s'agit de votre éducation.

– Je ne comprends vraiment pas pourquoi sir Marcus ne nous emmène pas toutes, remarqua Gaye en riant. Trois infirmières vaudraient bien mieux qu'une seule!

– Tu serais une fameuse infirmière! riposta Christine brutalement. La seule chose que tu saurais faire, ce serait des mines aux médecins!

Gaye voulut tirer les cheveux de sa sœur et il y eut une lutte que Dacia interrompit aussitôt.

– Assez! dit-elle fermement, nous avons tant à faire. Mrs Hailes est-elle arrivée?

– Elle devrait être là, je lui ai porté un mot comme tu me l'as demandé.

– Je vais descendre et lui parler, dit Dacia. A propos, voilà de quoi payer vos dépenses pendant que je ne serai pas là.

Elle prit une enveloppe et en tira deux billets de cinq livres. Gaye et Christine la regardèrent avec stupeur.

– Où diable as-tu trouvé tout cet argent? demanda Gaye, la première à retrouver l'usage de la parole.

– C'est une partie de mon salaire, répondit brièvement sa sœur. Christine, commence par t'acheter des chaussures neuves avant quoi que ce soit d'autre et toi, Gaye, tu pourras te faire coiffer par le meilleur coiffeur de la ville.

– Dacia, Dacia, comment te remercier?

Les petites se jetèrent sur leur aînée, leurs bras autour de son cou, leurs joues contre les siennes.

Dacia glissa deux autres billets dans sa poche : Mrs Hailes pourrait avec cela payer les dettes les plus criardes. Elle se souvint de son embarras, la veille au soir, lorsque, après avoir pansé la jambe de sir Marcus et avoir préparé le blessé pour la nuit, il avait réclamé son portefeuille.

– Il est dans la poche de ma veste, dit-il.

– Oui, je sais, répondit la jeune fille. J'ai été obligée de le chercher quand la police m'a demandé votre nom.

Il ne répondit rien à cela, mais, quand elle lui eut donné le portefeuille, il l'ouvrit et prit quatre billets de cinq livres.

– Voici une avance, dit-il.

– Je n'en veux pas! répondit-elle précipitamment.

Ses lèvres se durcirent et Dacia remarqua que c'était là une habitude de son malade quand on le contredisait.

– Je vous en prie, ne soyez pas ridicule, dit-il tranquillement. Il faut que vous engagiez quelqu'un pour faire la cuisine en votre absence et il y aura encore d'autres dépenses pour la maison. Ceci n'est pas une charité, mais une chose à laquelle vous avez droit.

Le ton de sa voix était si calme et si impersonnel qu'elle prit l'argent sans protester davantage et le mit dans la poche de sa blouse. Il était ridicule, se dit-elle, d'éprouver cette impression de culpabilité en l'acceptant.

Comment supporterait-elle de tromper son père? se demanda la jeune fille. Elle dut admettre, cependant, que ce n'était pas tellement cela qui la tracassait, elle l'avait fait bien souvent déjà, et pour son bien : mais elle détestait l'idée de s'être alliée à sir Marcus contre le docteur.

De nouveau, elle brûla de colère en se rappelant les insultes de l'après-midi et il était pire encore de penser qu'elle avait eu la sottise de répondre, de lutter.

« Je ne dois pas m'écarter de mon service, pendant ce voyage », se dit-elle en se couchant.

Brusquement, elle se sentit bien jeune et incapable d'être à la hauteur de la situation.

Elle finit par s'endormir en réfléchissant, non au voyage, mais à tout ce qu'elle devrait organiser dans la maison avant le départ. A plusieurs reprises, pendant la nuit, elle se réveilla pour inscrire un nouveau détail sur le bloc posé près de son lit. De fait, elle ne dormit véritablement que juste avant l'aube et il lui sembla revenir de très loin quand son réveil sonna à 6 heures et demie.

Pour finir, tout s'était arrangé de manière satisfaisante et, quand l'ambulance arriva, sir Marcus était prêt.

Le Dr Vancroft prit sa fille à part et lui donna ses dernières instructions : elle savait ce qu'elle devait faire si le blessé souffrait par trop et emportait de quoi lui faire des piqûres pour combattre les effets du choc et des contusions.

Soudain, elle jeta ses bras autour du cou de son père.

– Papa chéri! dit-elle. Prenez soin de vous-même pendant que je ne serai pas là. Je vous en prie, prenez vos repas et ne sortez pas sans manteau.

– Je ferai exactement ce que tu me dirais de faire si tu étais ici, promit le Dr Vancroft avec un clin d'œil malicieux.

★

A présent, dans l'avion, elle se souvenait de la joie qu'avaient provoquée les billets de cinq livres et elle se demanda si les gens riches comme sir Marcus se rendaient compte de ce qu'apporte un peu d'argent à des petites filles comme Gaye et Christine.

Elle venait de déguster un déjeuner comme elle n'en avait jamais mangé de sa vie : pâté de foie gras, aspic de poulet, pêches au kirsch, plusieurs sortes de fromages et des boissons variées.

– Je crois que je vais faire un somme, dit sir Marcus après le repas.

Ses traits tirés témoignaient de son extrême fatigue.

Il avait fait un effort gigantesque, en atteignant l'aéroport, pour n'avoir l'air de rien.

– Je me suis fait mal à la jambe, c'est tout, dit-il à ceux qui étaient venus le chercher. Le médecin a fait toute une histoire pour peu de chose. C'est une question de quelques jours et je serai de nouveau sur mes pieds. A part cela, je vais très bien.

On lui avait procuré un avion extrêmement confortable, avec une couchette. Bien que ce fût un petit appareil, il comportait deux pilotes et un steward. Dacia n'avait jamais imaginé qu'on pût voyager avec un tel luxe.

A présent, ils survolaient l'Italie, mais trop haut pour que la jeune fille réussît à distinguer quoi que ce soit, à l'exception de l'île d'Elbe et de la mer, d'un bleu éclatant, au long d'une côte dorée.

– Nous atterrissons dans dix minutes, mademoiselle, lui dit soudain le steward.

– Je ferais mieux de réveiller sir Marcus, répondit la jeune fille.

Elle s'en fut vers la cabine où il dormait profondément et paisiblement. Elle remua la couverture sur les jambes du blessé et dit doucement :

– Nous sommes presque arrivés à Rome, sir Marcus.

Il se réveilla aussitôt, comme un homme habitué au danger.

– Rome... déjà?

– Nous y serons dans cinq minutes, m'a dit le steward. Aimeriez-vous boire quelque chose?

– Oui, je voudrais un cognac.

Dacia faillit répondre que l'alcool serait mauvais pour lui, mais elle garda le silence : qu'il fasse donc ce qu'il veut. Quelle importance cela avait-il?

– Ainsi vous n'approuvez pas? remarqua le blessé.

– Je regrette que cela se voie tant que cela, répondit Dacia. Je pensais seulement que l'alcool risquait de vous donner mal à la tête.

– Très bien. Je prendrai une coupe de champagne dans ce cas, déclara sir Marcus avec une docilité inattendue.

Le steward apporta le champagne et il but rapidement. Dacia supposa qu'il souffrait, mais elle n'osa pas poser une question directe.

– Votre pansement n'est pas trop serré? demanda-t-elle.

– Je ne le pense pas.
– Je le referai dès que nous serons arrivés à l'hôtel.
Elle ne trouvait rien de plus réconfortant à dire.
– Je verrai si j'ai le temps, répondit brièvement sir Marcus. J'ai beaucoup de travail qui m'attend.
Dacia devina que c'était là une manière de lui dire de ne pas se mêler de ce qui ne la regardait pas.
Une réception pompeuse attendait sir Marcus à Rome. Dacia eut l'impression qu'une véritable armée était venue à sa rencontre : Anglais, Italiens, officiels en rutilants uniformes. Une magnifique ambulance, avec deux employés, était prête à les conduire en ville.
Enfin, après beaucoup de poignées de main, de compliments et d'aimables souhaits de bienvenue, ils réussirent à se débarrasser du comité d'accueil. Dacia se retrouva assise près du blessé dans l'ambulance.
– Dieu merci! c'est fini, dit sir Marcus avec lassitude.
– Vous devez être bien fatigué.
– Ils vont tous venir à l'hôtel, reprit-il, avec un tas d'autres gens qui n'ont pas pu venir à ma rencontre.
– Vous n'allez pas pouvoir vous reposer?
– Non, dit-il. Ne faites pas d'histoires et donnez-moi une de ces pilules que votre père m'a recommandées.
La jeune fille ouvrit son sac et lui donna le remède demandé. Elle voyait clairement qu'il souffrait : pourtant, il ne se plaignait pas. Ils traversèrent en silence la Ville Eternelle.

Dacia s'attendait à voir des murs blancs, des rues plus tranquilles, moins modernes, et elle fut presque déçue de voir que l'animation de Rome ne le cédait en rien à celle de Londres, ou de n'importe quelle autre grande ville.

Les murs jaunes et décrépis étaient assez décevants aussi, avec leurs inscriptions grossièrement peintes de couleurs voyantes ou leurs affiches déchirées par le vent et délavées par les dernières pluies. Des flaques de boue salissaient les trottoirs entre des maisons comme des taudis et des bâtiments inachevés.

« Voilà Rome! songeait Dacia. Ce pourrait être une ville quelconque quelque part dans le monde! »

Dacia et son nouveau patient arrivèrent peu après à l'hôtel. Sir Marcus fut transporté à travers le hall, jusqu'à l'ascenseur qui monta au cinquième étage. La chambre dans laquelle on introduisit les voyageurs était très grande, avec de hautes et larges fenêtres qui s'ouvraient sur un balcon et surplombaient un jardin.

Les hommes qui soutenaient le blessé l'installèrent sur une chaise longue, à côté d'une table où se trouvaient trois téléphones. Il faisait chaud dans la pièce; les mains de sir Marcus étaient blanches et paraissaient froides. Sans rien dire, Dacia ouvrit la porte de la chambre voisine et prit sur le lit une couverture de soie qu'elle étala sur les jambes de son malade; puis elle alla chercher des oreillers et les disposa derrière lui pour qu'il pût s'y adosser confortablement et reposer un peu son corps douloureux.

– Puis-je faire quelque chose pour vous, monsieur? demanda le gérant de l'hôtel qui les avait accompagnés.

– Rien du tout, répondit sir Marcus, comme si le seul effort de prononcer trois mots lui était intolérable. (Puis, soudain, il ajouta de manière inattendue :) Peut-être mon infirmière aimerait-elle une tasse de thé. Qu'en pensez-vous?

Il regardait la jeune fille et elle répondit presque automatiquement :

– Merci, ce serait très agréable.

Le gérant s'inclina.

– Je vais chercher du thé tout de suite, dit-il.

Il sortit de la pièce et, une seconde plus tard, les téléphones se mirent à sonner. Dacia répondit avec nervosité, mais à son grand soulagement, elle constata que tous ceux qui appelaient parlaient anglais.

– Sir Marcus Cunningham est-il arrivé? Ici Jim Armstrong. Désire-t-il que je vienne le voir?

– Sir Marcus est-il là? De la part de Carl Bramer...

– Sir Edward Bettington...

Des noms, des noms, des douzaines de noms. Et, à chacun, Dacia était obligée de répondre :

– Sir Marcus sera très heureux de vous voir.

Elle aurait voulu le raisonner, lui conseiller de s'octroyer au moins une demi-heure de repos avant que ces gens ne viennent, mais elle savait que ses protestations ne serviraient à rien et qu'il n'en ferait qu'à sa tête.

Quand les premiers visiteurs parurent, elle n'eut plus qu'à s'esquiver et elle se rendit dans sa chambre, voisine de celle du blessé. C'était une pièce étroite et petite, certainement destinée à servir de vestiaire, mais elle donnait sur le jardin et parut à Dacia le dernier cri en matière de confort. Le tapis épais, les armoires munies de rayonnages mobiles,

les miroirs dans lesquels on pouvait se voir sous tous les angles, les lumières sur la coiffeuse et la salle de bains attenante, avec ses murs de céramique bleue, la douche, les douces serviettes, tout cela la comblait d'aise.

Elle pensa alors à déballer sa valise qu'on avait apportée dans la chambre et elle allait le faire quand on frappa à sa porte. Elle alla ouvrir et eut la surprise de se trouver en face d'un jeune homme qui portait un imperméable et un chapeau de feutre marron.

– Etes-vous l'infirmière? demanda-t-il.

Son regard, où brillait une étincelle d'amusement, observait tout avec impudence, y compris les cheveux ébouriffés de la jeune fille.

– Je suis l'infirmière de sir Marcus, si c'est cela que vous voulez dire, répondit Dacia dignement.

– Puis-je le voir?

– Qui êtes-vous?

– Taylor. Le représentant du *Clairon Quotidien* à Rome. Je voudrais des détails exclusifs. Croyez-vous pouvoir me procurer ça?

– Je n'en ai pas la moindre idée, répondit Dacia. Je demanderai à sir Marcus.

– Attendez un instant, dit le jeune homme. Dites-moi ce que vous pensez de votre voyage. Et, au fait, qu'est-ce qui ne va pas chez sir Marcus?

La question était formulée avec tant d'ardeur que Dacia sentit le danger.

– Je vais aller voir si sir Marcus veut bien vous recevoir, dit-elle. Veuillez attendre dans le couloir.

Elle voulut fermer la porte, mais, avant qu'elle ait pu le faire, il entra dans la pièce.

– Ne vous dépêchez pas tant, supplia-t-il. J'aimerais vous parler.

– Je ne peux pas vous recevoir. Je pense que vous comprenez cela.

– Je n'en crois pas un mot! répliqua-t-il. Vous avez le droit de parler à qui vous voulez, non? Et vous êtes si jolie que quantité de gens voudront certainement vous voir.

Dacia ne répondit pas et il demanda après un instant :

– Comment vous appelez-vous?

– Dacia Vancroft. Mais, je le répète, je n'ai rien à vous dire. Voulez-vous, s'il vous plaît, sortir de cette chambre?

– Ne soyez pas si méchante, supplia-t-il. J'ai besoin de gagner ma vie tout autant que vous. Or la venue de sir Marcus est un véritable don du ciel! Etes-vous venus en Zeus?

– En quoi? demanda la jeune fille.

Elle se rappela soudain ce que signifiait le nom et elle répondit vivement :

– Non, bien sûr que non. Nous sommes venus dans un avion spécial, un avion ordinaire.

– J'aurais dû venir à l'aéroport, mais je n'ai appris votre arrivée que trop tard. Qu'a-t-il à la jambe?

La question avait été posée d'un ton si naturel que Dacia faillit se laisser prendre; mais elle sentit qu'il voulait lui arracher des renseignements sans qu'elle s'en aperçût.

– Je ne peux rien vous dire, déclara-t-elle. Attendez dans le couloir. Je vais parler de vous à sir Marcus : c'est vraiment tout ce que je peux faire.

– Très bien, dit-il en souriant. Mais vous m'avez l'air plutôt jeunette pour ce genre de travail. Comment sir Marcus vous a-t-il emmenée?

Dacia garda le silence et il rit.

– Je suis assommant, n'est-ce pas? Mais, vous comprenez, il faut bien que je gagne ma vie d'une manière ou d'une autre. Je vais avoir horriblement faim s'il faut me contenter de ce que vous me racontez! Si vous pouvez me donner un coup de main, je vous en prie, faites-le. Je m'appelle Tim Taylor, et vous me trouverez dans les bureaux du *Clairon*.

Il mit une carte de visite sur la table et se dirigea vers la porte à contrecœur.

– Cela ne vous dirait pas de dîner avec moi, par hasard?

Dacia secoua la tête et il sourit de nouveau d'une façon désarmante.

– Bon. Je ne vais pas vous harceler pour le moment. Soyez gentille et allez demander à sir Marcus de me recevoir.

Il sortit et la jeune fille ferma la porte derrière lui. Elle se recoiffa, chercha une coiffe et une blouse dans sa valise. Quand elle fut prête, elle trouva qu'elle en imposait.

Elle se rendit alors dans le salon de sir Marcus. Il y avait bien une douzaine de messieurs autour de lui : ils avaient le verre à la main et parlaient tous à la fois.

– Venez-vous nous dire que nous faisons trop de bruit, mademoiselle? demanda l'un des hommes en riant.

Ils s'écartèrent pour la laisser passer et elle put approcher sir Marcus.

– Il y a un jeune homme dans le couloir, dit-elle à voix basse. Il s'appelle Taylor et il représente le *Clairon Quotidien*. Il voudrait vous voir.

– Répondez-lui non, déclara fermement sir Marcus. Je ne veux pas voir la presse. Je n'ai rien à leur dire et je ne veux aucune publicité autour de moi. Faites-le-lui comprendre clairement.

– Les Américains donnent des renseignements aux journaux, dit quelqu'un. On dit même qu'ils donnent des conférences de presse.

– Qu'ils fassent ce qu'ils veulent, riposta froidement sir Marcus. Nos agents s'occupent de ce genre de chose.

Il se tourna vers Dacia.

– Dites à ce reporter qu'il peut obtenir tous les renseignements qu'il voudra à mes bureaux 607, rue Victor-Emmanuel.

– Très bien, je vais le lui dire.

Sans trop savoir pourquoi, Dacia manquait de courage pour apporter ce genre de nouvelle à M. Taylor. Il l'attendait, appuyé contre le mur, les mains enfoncées dans ses poches.

– Je suis désolée, dit-elle.

– Je n'espérais pas qu'il me recevrait, vous savez, répondit le jeune homme.

Elle lui transmit le message de sir Marcus. Il se récria.

– C'est toujours pareil! Vous ne pensez tout de même pas que je peux écrire un article avec les indications toutes sèches qu'on donne dans les bureaux officiels? Le *Clairon* veut quelque chose d'humain. Dites-moi comment sir Marcus s'est fait mal à la jambe?

– Je ne peux pas.

– Je comprends, remarqua Tim Taylor. Est-il gravement brûlé?

– Mais non, il n'est pas brûlé du tout! s'exclama la jeune fille. Ce n'était qu'un atterrissage forcé.

Elle vit une étincelle briller dans les yeux du journaliste et se rendit compte de ce qu'elle avait dit.

– Je vous en prie, ne parlez pas de ça! s'écria-t-elle.

– J'y suis obligé. Comprenez-moi, obligé! Vous ne savez pas ce que c'est d'être harcelé par un patron! La plupart des types inventent tout simplement leurs papiers, mais il me reste encore un peu d'honnêteté, j'essaye d'écrire les miens aussi exacts qu'il est raisonnablement possible. Puisque vous m'avez dit ça, dites-m'en un peu plus : comment faites-vous partie du scénario?

– Mon père a soigné sir Marcus, dit Dacia. Il est médecin dans le village de Cobblefield, dans le Worcestershire. Et maintenant, s'il vous plaît, allez-vous-en.

– Vous êtes un ange! cria Taylor. Dites-moi encore une chose et je ne vous ennuierai plus. Quel est le numéro de téléphone de votre père?

– Vous n'allez pas lui téléphoner?

– Bien sûr que si : je puiserai les renseignements à leur source beaucoup plus facilement.

– Parlerez-vous à papa vous-même?

Tim Taylor hocha la tête.

– Avez-vous quelque chose à lui dire?

– Oh! oui! Dites-lui que je suis bien arrivée. Dites-lui que j'ai fait un très bon voyage.

Elle s'interrompit un instant pour poser une question.

– Croyez-vous que sir Marcus lira le *Clairon?*

– Ça m'étonnerait. Il n'est pas le genre de type qui s'intéresse aux potins mondains.

– Non, je ne le vois pas faisant ça, dit-elle.

Elle se mit à rire.

– Vous viendrez dîner avec moi, n'est-ce pas? demanda Tim. Comme ça, je pourrai vous raconter ce que votre père m'aura dit.

– Vous essayez de m'amadouer, dit la jeune fille gaiement. De toute façon, je ne puis accepter : je pense que sir Marcus aura besoin de moi.

– S'il vous laisse libre, appelez-moi : je serai au bureau, à préparer mon histoire.

– Je ne crois pas que mon père aimerait me voir dîner avec quelqu'un dont je viens à peine de faire connaissance, dit Dacia dont les yeux brillaient malicieusement.

– Eh bien, je lui demanderai. S'il donne la permission, je vous téléphonerai pour vous le dire. Essayez de venir! Je ne peux pas vous dire quelle joie c'est pour moi de voir quelqu'un qui arrive tout droit d'Angleterre!

– Vous n'aimez pas vivre à Rome? demanda la jeune fille pleine de sympathie.

– Pour être franc, je déteste cela, répliqua Tim. Je croyais que ce serait très amusant d'être correspondant de presse... Maintenant, je ne souhaite plus que la poussière et le brouillard de Londres, les cafés où je rencontrais tous mes camarades. Pour dire la vérité, je me sens très seul. Vous n'avez pas un peu pitié de moi?

– Non... pas vraiment pitié, répondit Dacia, parce que je ne vous crois pas tout à fait.

– Je vous prouverai ma sincérité pendant le dîner si vous venez.

– Je ne sais pas. Je ne sais vraiment pas si je pourrai venir.

– Je vous téléphonerai.

Il lui fit un signe de la main et s'en fut dans le couloir. Dacia rentra dans sa chambre et resta un instant immobile, un petit sourire aux lèvres. Il y avait quelque chose de joyeux et d'insolent en Tim Taylor qui le lui rendait sympathique.

Elle défit sa valise et sursauta en entendant la sonnerie du téléphone. Elle courut décrocher l'appareil, à côté du lit.

– Miss Vancroft? Sir Marcus vous demande, dit une voix avec un fort accent étranger.

– Je viens tout de suite.

La jeune fille raccrocha vivement et traversa rapidement la chambre voisine pour entrer dans le salon. Sir Marcus était seul, mais elle vit tout de suite qu'il était épuisé. Il avait le teint plombé et, autour de sa bouche, des lignes semblaient profondément gravées.

– Vous aimeriez vous coucher, n'est-ce pas? dit doucement la jeune fille.

– Je n'aimerais pas ça, mais je crois que je vais y être obligé. Ma jambe me fait horriblement souffrir.

– Je vais m'en occuper dès que vous serez déshabillé. Puis-je vous aider à gagner votre chambre?

– Appelez mon valet de chambre, grogna sir Marcus.

– Votre valet de chambre? répéta Dacia, surprise.

– Oui, il est arrivé hier avec mes bagages. Demandez-le à la réception.

Ne sachant trop ce qu'elle devait dire et trop intimidée pour se renseigner, Dacia prit un téléphone sur la table.

Une voix répondit quelque chose d'inintelligible, mais, quelques instants plus tard, la porte s'ouvrit et un petit homme d'âge moyen, vif et souriant, entra dans la pièce.

– Ah! vous êtes là, sir Marcus! s'exclama-t-il. J'aurais voulu être là à votre arrivée, mais ces étrangers, en bas, ne m'ont pas averti de votre venue. Je leur demandais tout le temps l'heure d'arrivée de votre avion, mais naturellement ils ne la savaient pas.

– Ne parlez pas tant, Robert, et mettez-moi au lit, dit sir Marcus avec lassitude.

Robert et Dacia durent unir leurs forces pour soutenir le blessé jusqu'à sa chambre. Arrivée là, la jeune fille fut congédiée et ne put revenir que quand son malade fut dans ses draps.

– Maintenant, occupez-vous de cette maudite jambe! commanda sir Marcus.

Robert apporta de l'eau chaude et Dacia baigna la jambe, qui était en bien plus mauvais état que le matin.

– Il faut vous reposer, dit-elle sérieusement.

– La barbe! Ne suis-je pas étendu?

Le ton de sa voix indiquait l'état de ses nerfs. Dacia alla chercher un verre d'eau et une pilule : à sa grande surprise il la prit sans discuter. Quand elle eut pansé et rebandé la jambe, elle attendit de nouvelles instructions.

– Aurez-vous encore besoin de moi? demanda-t-elle.

Il avait à demi fermé les yeux : il les rouvrit aussitôt.

– Vous pouvez dîner ici avec moi, dit-il. Robert commandera ce que nous voulons. Ce sera plus agréable pour vous que de dîner seule dans la salle à manger.

Dacia ouvrit la bouche pour dire qu'elle était invitée, puis la referma. Elle ne pouvait guère parler de Tim Taylor à sir Marcus. De plus, elle n'était pas sûre qu'il fût correct pour elle de sortir avec un homme dont elle ne savait rien : « Même mon père trouverait cela un peu bizarre », pensa-t-elle.

– Le dîner à 8 heures, Robert, dit sir Marcus, je

ne veux pas adopter les heures impossibles de ces pays-ci.

– Très bien, monsieur.

Dacia regagna sa chambre. Elle ne pouvait s'empêcher d'être terriblement déçue. Le téléphone sonna soudain.

– J'ai fait la commission à votre père, dit la voix de Tim Taylor au bout du fil.

– Oh! vraiment? Qu'a-t-il dit?

– Qu'il vous envoie ses tendresses. Et qu'il mange ses trois repas par jour.

– Je voudrais bien que ce soit vrai, dit Dacia en riant.

– Je vous dirai le reste pendant le dîner, reprit le journaliste. A quelle heure serez-vous prête?

– Je ne peux pas venir. Sir Marcus veut que je dîne avec lui.

– Au diable cet homme! Ne pouvez-vous sortir plus tard?

– Non, non, je ne crois pas. Je suis même sûre que je ne peux pas. Il faut que je reste ici.

– Essayez!

– Non, je suis sûre que c'est impossible.

– Je vous appellerai à tout hasard, vers 10 heures. A bientôt.

Elle l'entendit raccrocher et elle garda un moment le sourire aux lèvres. Tim Taylor avait quelque chose d'ingénu, de très gentil. Mais elle avait l'impression que ce ne serait pas possible ce soir-là.

Un timbre résonna brutalement au-dessus d'elle : levant la tête, elle vit qu'il se trouvait en haut de la porte et devina qu'il avait été placé là provisoirement. Elle ouvrit la porte de communication avec la chambre de sir Marcus.

– Vous avez sonné? demanda-t-elle.

Il attendit qu'elle fût près de son lit pour répondre, et posa une question inattendue :

– Qui vous téléphonait?

– Je regrette que cela vous ait dérangé, dit la jeune fille.

– J'ai demandé qui c'était!

– C'était... une communication personnelle.

– Qui cela?

Jamais elle n'avait entendu prononcer un mot sur ce ton si brutalement autoritaire. Elle sentit son cœur sauter dans sa poitrine et, malgré elle, baissa les yeux.

– C'était quelqu'un qui... avait un message à me transmettre, dit-elle.

– Avez-vous des amis, à Rome?

Elle sentit que les mots restaient dans sa gorge : elle ne pourrait lui répondre que la vérité.

– C'était quelqu'un que... je viens de rencontrer.

– Ce journaliste! Etait-ce lui?

– C'était lui, en effet.

– Je vous interdis de parler à cet animal, comprenez-vous? Ces gens-là sont toujours à rôder, à mettre leur nez partout, essayant de récolter des histoires. Vous ne devez pas leur dire un mot, est-ce clair?

– Oui, tout à fait clair.

Elle aurait voulu discuter, dire que ses faits et gestes ne regardaient en rien l'homme qu'elle devait seulement soigner, mais il lui fut impossible d'exprimer les idées qui lui passaient par la tête.

– Tenez-vous à l'écart de ces individus, ils sont dangereux, reprit sir Marcus. Vous êtes venue pour faire votre métier, non pour vous mêler à des gens de cette sorte.

La voix de sir Marcus était sèche et impérieuse. Dacia garda le silence et sortit lentement de la chambre.

« Pourquoi l'ai-je laissé me traiter de cette façon? » se demanda-t-elle avec irritation.

Tout en se posant la question, elle découvrit une réponse : elle avait peur de sir Marcus. Elle ne savait pas pourquoi, mais il la terrifiait.

4

Dacia se tenait au haut du perron de l'hôtel, le cœur battant d'émotion joyeuse. Elle était à Rome et elle était libre, libre en tout cas pour quelques heures. Libre d'explorer la ville.

Tandis qu'elle pansait la jambe de sir Marcus, très tôt ce matin, il avait dit :

– Je serai en conférence toute la matinée et je pense que vous avez envie de visiter Rome. Il y a une voiture et un chauffeur à votre disposition.

– Oh! merci, mais j'aimerais autant aller à pied, dit Dacia.

Il la regarda comme s'il était ennuyé qu'elle ne voulût pas de la voiture, puis après un assez long silence, il ajouta :

– Vous aurez besoin d'argent. Vous trouverez cinquante livres en lires sur ma table : prenez-les avant de vous en aller.

– Cinquante livres? répéta Dacia, stupéfaite. Je n'ai pas besoin de tout ça!

Sir Marcus la regarda d'un air courroucé.

– J'ai dit qu'il y avait là cinquante livres, déclara-t-il. C'est un autre versement sur ce que je vous dois. Prenez-le et ne discutez pas tout ce que je dis.

A ces mots Dacia rougit.

– Très bien, sir Marcus, dit-elle faiblement. J'ai seulement un peu peur d'avoir tant d'argent sur moi.

– Si c'est ça qui vous inquiète, vous pouvez le déposer en bas, avec ce que vous avez de précieux. C'est ce qu'on fait toujours à l'hôtel.

Dacia n'avait jamais entendu parler de ce qui se fait ou non dans les hôtels, mais, en face de l'attitude de son malade, elle ne voulait plus rien répondre. Elle acheva le pansement en mettant une épingle de sûreté dans la bande.

– Je vous en prie, dit-elle, ne vous tenez sur votre jambe que si c'est absolument nécessaire : si vous la fatiguez, elle enflera et ce sera extrêmement douloureux.

– Cette maudite jambe! gronda sir Marcus. J'en ai assez d'y penser tout le temps! Pouvez-vous faire quelque chose pour mon dos? Il me fait terriblement souffrir!

– C'est la première fois que vous m'en parlez...

Elle lui fit une des piqûres prescrites par son père et, devant son visage pâle et tiré, elle fut soudain prise de pitié pour lui.

– Si vous avez encore mal après le déjeuner, dit-elle, je vous ferai une seconde piqûre. Etes-vous sûr que vous ne voudriez pas voir un médecin? Mon père m'a recommandé de demander un avis médical si vous souffriez davantage.

– Pourquoi demander un médecin, puisque vous êtes là? grommela le blessé.

– Je ne suis qu'une infirmière, et je n'ai pas tellement d'expérience.

– Vous pouvez très bien faire ce qu'il faut, répondit brusquement sir Marcus.

Avec un petit sourire, Dacia pensa que c'était là le premier compliment qu'elle recevait de lui.

Elle rangea les médicaments et alla attendre dans le salon que Robert eût habillé son maître, puis l'eût aidé à venir s'installer pour le petit déjeuner.

A 9 h 30 précises, sir Marcus regarda sa montre.

– A présent, vous êtes libre, dit-il. Je voudrais que vous soyez de retour à midi au cas où j'aurais besoin de vous.

– Je serai là, dit Dacia.

Le cœur soudain plus léger, elle se sentait un peu comme une écolière.

Elle se dépêcha de gagner sa chambre et, quelques secondes plus tard, elle courait dans le couloir. Elle vit des hommes entrer dans l'appartement de sir Marcus, et, joyeuse de n'avoir pas à les suivre, elle descendit gaiement l'escalier : elle était trop impatiente de gagner la rue pour attendre l'ascenseur.

Dehors un vent froid soufflait et elle serra davantage autour d'elle le manteau de son uniforme.

Elle descendit vivement une rue en pente jusqu'à une place où une fontaine déversait des tonnes d'eau dans un vaste bassin de pierre; des amours, des dauphins et Neptune lui-même en émergeaient sous une cataracte de gouttes étincelantes.

Dacia demeura longtemps en contemplation, puis elle repartit. Son cœur battait d'exaltation mais elle ne pouvait s'empêcher de regretter de n'avoir pas un compagnon avec lequel échanger ses impressions.

Elle traversait un quartier commerçant animé

lorsqu'elle entendit derrière elle un bruit de pas pressés, puis une voix l'appela par son nom.

– Miss Vancroft?

Elle se retourna vivement et vit Tim Taylor qui courait vers elle, son imperméable flottant au vent.

– Bonjour! cria-t-elle, sans dissimuler le plaisir qu'elle avait à le voir.

– J'étais sûr que c'était vous, dit-il, un peu haletant en la rejoignant. J'étais dans un autobus et je vous ai vue vous promener toute seule. Aussitôt j'ai sauté dans la rue. Pourquoi êtes-vous si peu aimable?

– Peu aimable? répéta la jeune fille surprise.

– Mais oui : j'ai téléphoné trois fois hier soir, pour m'entendre dire que miss Vancroft ne répondait à aucun appel personnel!

– On vous a dit ça à l'hôtel? demanda Dacia, suffoquée.

– On m'a affirmé que c'était sur votre ordre formel. J'ai essayé de nouveau ce matin et on m'a dit la même chose. Voulez-vous vous défendre contre un journaliste trop entreprenant ou êtes-vous habituellement distante?

– Sincèrement, je ne sais rien de cette histoire, répondit Dacia. Je n'ai jamais donné des instructions semblables. De fait, pour parler franc, je m'étonnais que vous n'ayez pas appelé après tout ce que vous m'aviez dit.

– Eh bien, voilà ce qu'on m'a répondu! s'exclama Tim.

Sans aucun doute il disait la vérité. Dacia devina ce qui s'était passé et la colère monta en elle : c'était là un autre exemple de la tyrannie de sir Marcus.

Elle allait expliquer les choses au journaliste, mais elle comprit soudain que ce ne serait pas loyal vis-à-vis de son patron.

– Il s'agit sûrement d'une erreur, dit-elle. Cela ne se reproduira plus. Je suis ravie de vous voir : j'étais partie faire du tourisme.

– Je viens avec vous, déclara Tim Taylor.

– N'avez-vous pas à travailler?

– Je suis toujours censé travailler, répliqua le jeune homme en riant. Ignorez-vous que la tâche d'un reporter ne finit jamais? Je pourrais même rédiger les impressions d'une petite infirmière anglaise visitant Rome pour la première fois!

– N'allez pas raconter des choses pareilles! s'exclama Dacia tout aussitôt. (Elle se mit à rire.) Vous plaisantez, naturellement. Cela n'intéresserait personne de savoir ce que je pense de Rome.

– Non, en effet... A moins que vous ne mettiez le feu à Saint-Pierre ou que vous vous jetiez en bas du château Saint-Ange!

– Je ne ferais pas ça, j'en ai peur... pas même pour vous procurer des nouvelles exclusives! dit-elle gaiement.

– Maintenant, venez vite, conseilla le jeune homme. Allons voir les célèbres vieilles pierres, il y a longtemps que je ne les ai vues moi-même. Où irons-nous d'abord? Au Colisée?

– Oh! oui, allons-y! s'écria Dacia.

Tim appela un taxi.

– Ne pouvons-nous y aller à pied? demanda la jeune fille.

– Seigneur non! C'est à des kilomètres et j'ai bien trop de respect pour mes pieds et pour les vôtres.

Le taxi était exigu et assez poussif, mais Dacia

ne cessait de regarder au dehors avec le ravissement d'un enfant à son premier spectacle de guignol.

– Regardez! Qu'est-ce que c'est! Oh! Voyez comme c'est magnifique! ne cessait-elle de répéter.

Tim essayait de lui désigner les plus beaux endroits, mais, visiblement, il se creusait souvent la tête pour découvrir quelque anecdote sur des endroits qu'il n'avait jamais remarqués.

– Il me semble que vous n'avez jamais vraiment vu Rome, lui dit Dacia après qu'il eut avoué ne rien savoir de deux monuments et de plusieurs églises.

– A la vérité, répondit le jeune homme, les gens m'intéressent plus que l'architecture. Les gens comme vous, par exemple.

Elle lui sourit. Deux fossettes creusaient ses joues.

– Vous me flattez, dit-elle, mais je sais très bien ce qu'il en est : la personne qui vous intéresse réellement, c'est sir Marcus.

– C'était lui, rectifia-t-il. Mais cela date d'hier. Maintenant je trouve que son infirmière est un sujet beaucoup plus palpitant.

– J'espère que vous savez que vous perdez votre temps? dit la jeune fille. Je ne pourrai vous donner aucun renseignement et, de plus, je ferai très attention de ne laisser échapper aucun détail. Alors, si vous avez des choses plus importantes à faire que de me montrer le Colisée, je vous conseille de vous en occuper sans plus attendre.

Tim se tourna vers elle pour la regarder en face.

– Ecoutez, Dacia, dit-il. Je vais vous appeler par votre nom. Vous me plaisez. Vous m'avez plu à la première minute où je vous ai vue, debout devant votre porte, avec l'air inquiet et une petite ride au front. Il y a une chose qui me manque à Rome : un petit morceau d'Angleterre, et vous me donnez le mal du pays. Oublions sir Marcus, le Zeus et tous ces grands personnages assommants, et pensons à nous pour changer.

Il mit sa main sur celle de Dacia et poursuivit :

– Imaginez que je ne fasse pas partie du monde des journalistes, oubliez que vous ayez à soigner un homme dont parlent tous les journaux, soyons seulement des gens qui sont heureux de voir Rome. Qu'en dites-vous?

– Je crois que c'est une idée formidable.

– O.K.! s'exclama Tim. Maintenant fermez les yeux, car nous arrivons en vue du Colisée et, si vous voulez le voir sous son meilleur jour, il nous faut aller à un endroit bien précis.

– Je les ferme, dit la jeune fille.

Tim se pencha et donna un ordre au chauffeur. Ils roulèrent encore un peu, puis le taxi s'arrêta.

– Maintenant, regardez, dit le jeune homme.

Elle ouvrit les yeux et « le » vit, exactement semblable à ce qu'elle supposait, mais plus grand. Il était tout gris contre le ciel blanc. Elle le contempla un long moment.

Tim dit au chauffeur de repartir et, bientôt, ils se trouvèrent sous les murs du Colisée. Ils marchèrent sous les arcades, respirant l'odeur de la terre humide, de la poussière et des années. Ils parvinrent enfin au centre du monument et regardèrent le vaste amphithéâtre.

Quelques instants plus tard, Tim regarda sa montre.

– Allons à Saint-Pierre, dit-il, il faut que vous voyiez ça et, ensuite, il sera temps de prendre le café de 11 heures.

– Est-ce indispensable de prendre du café?

– Dans mon logement, je n'ai en fait de petit déjeuner qu'un petit pain peu appétissant et une tasse de café où un grain de café n'a jamais paru. Pour tout vous dire, j'ai faim.

– Oh! pauvre garçon! Allons manger quelque chose tout de suite, en ce cas. Saint-Pierre attendra.

– Non, déclara le jeune homme, il est trop tôt. Il faut que j'observe une discipline, sans ça, je deviendrais obèse.

Dacia rit de nouveau car Tim était très mince, avec le corps musclé d'un homme qui fait continuellement de l'exercice.

Une heure plus tard, ils étaient assis dans un café, dans une large et élégante rue de Rome.

– Cet endroit a l'air très cher, avait dit Dacia à mi-voix.

– En effet, répliqua Tim.

– Pourquoi y entrer? Nous pouvons aller ailleurs.

– Il vous faut voir Rome sous tous ses angles, déclara le journaliste. Le Colisée, Saint-Pierre, le Doney. Ensuite, je vous emmènerai dans un restaurant très italien et très bon marché pour déjeuner.

– Je ne peux pas déjeuner avec vous, dit Dacia avec regret. Sir Marcus veut que je sois rentrée à midi.

– Zut! grogna Tim. Pourquoi ne pas me l'avoir dit? J'aurais organisé la matinée différemment. Vous auriez pu en voir davantage!

– Non, je n'aurais rien pu voir de plus, dit Dacia en riant, j'ai déjà la tête qui tourne.

Le garçon parut et Tim commanda du café et des sandwiches, avec des crevettes qu'il commença à manger avec grand appétit.

– C'est ridicule de gâcher de l'argent au milieu de la matinée pour des sottises, remarqua Dacia. Vous feriez mieux de manger des œufs et du jambon, le matin, à la vieille mode anglaise.

– Si vous saviez comment ma propriétaire fait cuire les œufs, qui nagent dans la graisse, vous ne diriez pas ça, répliqua Tim, en frissonnant. De plus, regardez les gens qui sont ici, leur vie ne vaut-elle pas amplement le prix du repas?

Il y avait là une douzaine d'Italiens aux titres ronflants et Tim était en train de parler d'une jeune et ravissante *marchesa,* connue pour avoir plus d'aventures amoureuses que toute autre à Rome lorsqu'une voix, près d'eux, fit lever la tête aux deux jeunes gens.

– Je crois vous avoir vu à la conférence de presse, avant-hier soir, dit un homme à l'accent guttural.

Il était grand et massif, avec des lèvres minces, un menton carré et un regard hardi sous de broussailleux sourcils. Sa tête rectangulaire témoignait de son origine et Dacia reconnut sa nationalité avant même que Tim ne lui répondît :

– Herr von Blonfeld, n'est-ce pas? Je me rappelle, vous avez été assez aimable pour me donner des renseignements.

– J'ai peur d'avoir oublié votre nom, dit l'Allemand.

– Taylor. Tim Taylor, du *Clairon Quotidien.*

– Oui, oui, c'est vrai, il faut me pardonner. Je ne

vaux rien pour les noms, mais je n'oublie jamais les visages.

Il se tourna vers Dacia d'un air hésitant.

– Puis-je vous présenter Herr von Blonfeld? dit Tim, comme s'il y était obligé. Miss Vancroft, une jeune Anglaise.

– Oui, je sais cela, dit Herr von Blonfeld, je vous ai vue arriver hier avec sir Marcus Cunningham. J'habite votre hôtel.

– Vraiment? dit poliment Dacia.

– C'est le meilleur hôtel de Rome, déclara l'Allemand. Puis-je m'asseoir?

– Oui, naturellement, répondit la jeune fille.

Elle ne pouvait rien dire d'autre, mais, déçue, elle pensait que l'amusante conversation avec Tim ne pourrait pas continuer.

Le nouveau venu demanda du café et, tout en regardant Dacia, échangea quelques remarques sans intérêt avec Tim, sur la température, le nombre de touristes qui visitent Rome à cette époque de l'année et ainsi de suite. Ce n'était pas drôle et, dès qu'elle eut vidé sa tasse, Dacia se leva.

– Il faut que je retourne à l'hôtel, dit-elle. J'aimerais rentrer à pied si vous vouliez bien m'indiquer le chemin.

– Je vous accompagne, dit Tim.

– Quelle folie! se récria l'Allemand. Moi aussi, je vais à l'hôtel et j'emmènerai miss Vancroft dans ma voiture. Elle est dans la rue.

– C'est inutile... commença Dacia.

– Je vous assure que cela ne me dérangera nullement. Je suis certain que M. Taylor a beaucoup à faire, c'est un homme très occupé.

Tim hésitait, mais, avant qu'il réussît à placer un mot, Herr von Blonfeld continua :

– Je crois, monsieur Taylor, qu'il serait très avantageux pour vous de passer à nos bureaux : on vous y donnera des détails sur notre nouvel avion, qui seraient fort intéressants pour le *Clairon*.

– Allez-y! Il faut y aller! dit Dacia à l'oreille de Tim. Et merci de tout ce que vous m'avez montré ce matin, c'était très gentil à vous.

– Je vous téléphonerai ce soir, dit-il. N'oubliez pas de veiller à ce qu'on vous passe les communications.

– J'y veillerai, promit la jeune fille.

Elle se tourna vers Blonfeld :

– Etes-vous sûr, monsieur, que je ne vous arrache pas trop tôt à votre café? J'aime beaucoup la marche. En fait, je serais ravie de rentrer à pied.

– Non, non, ma voiture est là, répliqua-t-il. Venez. C'est une magnifique Mercedes toute récente, venez l'admirer.

Dacia tendit la main au journaliste. Il lui sourit. Elle se sentit toute réchauffée par son amitié et sa bonté, aussi n'en voulut-elle pas trop à l'Allemand de son intrusion.

La Mercedes était une conduite intérieure, avec une séparation vitrée entre le chauffeur et les passagers. Herr von Blonfeld ferma la vitre après avoir donné un ordre au conducteur, puis il mit une couverture sur les genoux de Dacia.

– Vous êtes bien installée? demanda-t-il.

– Très confortable, merci. Vous avez une très belle voiture.

– *Ach!* Je pensais bien qu'elle vous plairait. Nous fabriquons de très belles voitures en Allemagne. Et aussi de très bons avions.

– J'en suis convaincue, dit la jeune fille poliment.

– C'est justement de cela que je voulais vous parler.

– Vous vouliez me parler de vos avions? demanda Dacia, étonnée.

– Justement. Nous désirons vivement que nos appareils soient appréciés. C'est pour cela que je suis à Rome.

Dacia devina que Blonfeld se trouvait dans la même position vis-à-vis des avions allemands que sir Marcus face aux appareils anglais, mais elle se demanda pourquoi cet homme éminent se préoccupait de converser avec elle. Cependant, elle était si intéressée par les rues qu'ils traversaient qu'il lui fallut quelques secondes pour se rendre compte de ce que son compagnon lui disait.

– Vous êtes l'infirmière de sir Marcus Cunningham, n'est-ce pas? remarquait ce dernier de sa voix traînante. *Ach!* Les infirmières sont des créatures très importantes dans la vie d'un homme. Quand on est malade, elles sont là, on a toujours besoin d'elles. Et elles entendent beaucoup de choses.

– Oui, bien sûr, dit Dacia d'un ton léger.

– Rome est une ville très gaie, poursuivit Herr von Blonfeld. Une jolie jeune fille comme vous aura besoin de beaucoup de jolies choses si elle veut s'amuser. Que penseriez-vous si je vous offrais un bracelet de diamants, un très beau bracelet de vrais diamants aux reflets bleus? Qu'en diriez-vous?

Dacia se tourna vers lui avec stupeur.

– Que racontez-vous là, monsieur? demanda-t-elle. Un bracelet de diamants? Pourquoi m'offririez-vous un bracelet de diamants?

– Pensez comme vous seriez jolie avec ce bracelet à votre joli poignet, ma chère jeune demoiselle, répondit von Blonfeld. Ou bien vous pourriez avoir une broche si vous le préfériez. Tout ce que je vous demanderais en retour, c'est quelque chose que vous pouvez très facilement me dire.

– Et quelle est cette chose?

– Seulement le prix du Zeus. Le prix que sir Marcus va en demander à ces messieurs qui veulent acheter des appareils. Personne ne saura que vous me l'avez révélé.

Dacia se sentait toute raide. Elle se pencha en avant et frappa à la vitre qui les séparait du chauffeur.

– Arrêtez! dit-elle. Arrêtez immédiatement!

L'homme jeta un regard en arrière et se dirigea vers le côté de la rue.

– Ma chère enfant, il ne faut pas prendre la chose de cette façon, commença l'Allemand en bredouillant.

– Monsieur, non seulement vous êtes méprisable, mais vous êtes un mufle! déclara Dacia. Si j'avais ce renseignement, et je ne l'ai pas, je ne vous le donnerais pas, même en échange des joyaux de la Couronne!

Elle ouvrit la portière de la voiture et descendit dans la rue; puis elle claqua la portière derrière elle et partit, la tête haute.

« Comme si j'allais faire une chose pareille! » se disait-elle. La colère dominait à présent sa surprise.

Brusquement, elle se mit à rire. Après tout, c'était drôle qu'on lui eût offert un bracelet de diamants pour une précision dont elle ne savait rien.

Elle s'aperçut qu'elle n'avait aucune idée de l'endroit où elle se trouvait et elle alla demander son chemin à un agent de la circulation. Il lui donna des explications si confuses qu'elle ne put les suivre au delà du deuxième tournant. Elle dut se renseigner encore et encore jusqu'à ce que finalement, au moment où midi sonnait, elle reconnût la fontaine sur la place et sût que l'hôtel était à deux pas.

Elle se mit à courir et s'élança dans le vaste hall. Cette fois, elle prit l'ascenseur qui la conduisit au cinquième étage. Elle avait heureusement sa clé dans la poche et il ne lui fallut que quelques minutes pour ouvrir la porte, retirer son manteau et son chapeau, mettre sa coiffe et sa blouse, et se rendre dans le salon personnel de sir Marcus.

Il était là, debout, avec son manteau sur le dos et son chapeau à la main, attendant ostensiblement son arrivée.

– Vous êtes en retard, dit-il. Il est midi 5 et j'attends.

– Je suis navrée, dit Dacia. Je ne savais pas que vous vouliez sortir. Je viens d'enlever mon manteau.

– Je suis toujours exact, déclara sir Marcus, et je désire qu'autour de moi on le soit aussi.

– Je suis navrée, répéta la jeune fille. Dois-je aller m'habiller?

– Naturellement, répondit-il d'un ton glacial.

Elle repartit précipitamment, éprouvant la confusion d'une écolière qui a offensé son professeur. Elle fut de retour en quelques secondes, mais eut l'impression que sir Marcus fronçait les sourcils encore plus qu'avant.

– La voiture est en bas, dit-il. J'ai appris que vous ne l'avez pas prise, ce matin.

– Non, j'ai préféré marcher. Et je vais vous expliquer ce qui m'a mise en retard.

– Les explications sont inutiles, répondit sir Marcus, avec cette froideur qui était pire que des reproches. Vous saurez, quand vous aurez été ici un peu plus longtemps que, pour moi, l'heure c'est l'heure. Ainsi puis-je avoir tous les rendez-vous qu'il me faut prendre.

– Il se trouve que je suis très exacte moi-même, dit Dacia, agacée, et je serais revenue tout à fait à temps.

– C'est justement cela, interrompit sir Marcus, il y a toujours des mais.

– Vous n'excusez jamais personne? demanda Dacia.

– Que voulez-vous dire?

– Les gens ne sont que des êtres humains, riposta la jeune fille. Ils ne peuvent pas toujours empêcher que des obstacles surviennent. Il vous est bien facile de parler d'exactitude, vous qui avez des voitures à la porte, des chauffeurs pour vous conduire où vous voulez et des valets de chambre pour vous habiller! Mais avez-vous jamais réfléchi à ce qui se passe pour ceux qui n'ont pas de fortune? Pour moi, par exemple?

Sir Marcus la regardait, les yeux ronds et, un instant, elle crut qu'il allait la contredire avec cette dureté agressive qui lui faisait peur. Au lieu de cela, à sa grande surprise, il dit doucement et presque humblement :

– Je regrette. Bien entendu, vous avez raison.

– Il faut que vous compreniez, insista la jeune fille. Il y a une énorme différence entre agir quand on est riche et avoir à faire les mêmes choses quand on ne l'est pas. Non qu'il y ait rien de triste à cela, mais la pauvreté rend tout beaucoup plus difficile. Rappelez-vous, par exemple, que nous sommes venus hier par avion spécial : si j'avais dû voyager selon mes moyens, en dernière classe par le train et le bateau, cela aurait pris beaucoup plus de temps. C'est bien souvent pour cela que les gens sont en retard.

– J'ai dit que je regrettais, répondit sir Marcus. Dois-je me mettre à genoux?

Cette seule idée la fit sourire. Soudain, elle n'eut plus peur de lui.

– Voulez-vous que nous partions maintenant? dit-elle. J'ai quelque chose à vous demander, mais cela peut attendre.

– Qu'avez-vous à me dire?

– C'est l'explication de mon retard. J'ai été retenue par l'un de vos concurrents, Herr von Blonfeld.

Sir Marcus sursauta.

– Herr von Blonfeld? Où l'avez-vous vu?

Dacia s'aperçut trop tard qu'elle s'embarquait dans de difficiles confidences. Son différend avec son employeur à propos de Tim était une toute autre histoire et elle avait l'intention d'en parler plus tard : cela compliquerait singulièrement les choses si elle mêlait Herr von Blonfeld et le journaliste.

– Il... m'a abordée dans... un café, bredouilla-t-elle, et quand... j'ai dit que je... rentrais à l'hôtel, il a... insisté pour me reconduire. Il savait qui j'étais parce qu'il nous avait vus hier.

– Il devait faire le guet pour voir qui j'amenais avec moi, remarqua sir Marcus.

– De toute façon, j'ai accepté d'aller avec lui, reprit Dacia, et, quand nous avons été dans sa voiture, il m'a offert un bracelet de diamants à condition que je lui dise le prix du Zeus.

– Seigneur! Jamais je n'aurais cru cela de Blonfeld, dit sir Marcus. Je n'ai jamais beaucoup apprécié cette firme, mais je ne pensais pas qu'ils étaient capables de s'abaisser à ce genre de manœuvre. Qu'avez-vous fait?

– Je lui ai dit ce que je pensais de lui et je suis sortie de la voiture. Mais j'ai eu de la peine à retrouver mon chemin jusqu'à l'hôtel.

– N'avez-vous pas songé à accepter le bracelet? demanda sir Marcus.

Dacia le regarda, les yeux agrandis.

– Vous plaisantez?

– Non, pourquoi? Vous n'avez aucune raison de prendre mes intérêts à cœur.

– Je pense que si, répliqua la jeune fille. Vous êtes mon employeur et, même si cela vous paraît démodé, j'ai toujours considéré que, si l'on est payé pour faire un certain travail, on doit donner le meilleur de soi-même à la personne pour laquelle on travaille. A part cela, il se trouve que je suis fière de mon pays : si ce mot signifie quelque chose pour vous, je suis patriote.

Elle parlait avec feu; la seule idée qu'on la crût capable de consentir à l'infâme proposition de von Blonfeld la mettait dans une telle fureur qu'elle était incapable de dissimuler ses sentiments.

Sir Marcus tendit la main.

– Pardonnez-moi, dit-il. Je n'ai pas supposé une seule seconde que vous vous laisseriez séduire par un tel personnage.

– Je lui ai dit que même s'il m'offrait les bijoux de la Couronne, je ne m'abaisserais pas à lui donner le moindre renseignement, déclara Dacia. Et c'est exactement le fond de ma pensée. Quel genre de gens voyez-vous d'habitude pour avoir imaginé un seul instant que je pouvais vous trahir, vous ou qui que ce soit?

Les larmes se devinaient dans sa voix. Sir Marcus, la main toujours tendue, répondit doucement :

– Je vous ai demandé de me pardonner. C'est la troisième fois que je vous présente mes excuses en l'espace de cinq minutes.

– Je sais, dit la jeune fille. C'est très joli de... de dire des choses... insultantes, et puis de... compter que les gens vous par... pardonneront. Vous... ne devriez pas... les dire parce que vous ne devriez... pas même les... p... penser.

– La vérité est que j'ai été très mal élevé, dit lentement sir Marcus. Ne l'avez-vous pas compris maintenant?

– Je... je voudrais n'avoir rien dit, murmura Dacia.

– Donnez-moi la main.

Ce n'était pas une prière, mais un ordre et, sans discuter, la jeune fille mit sa main dans celle de sir Marcus. Les doigts de ce dernier se refermèrent sur les siens et leur contact fut très différent de ce qu'elle attendait. Sa colère sembla s'évaporer et elle le regarda avec une question dans les yeux.

– Je suis repentant, dit « l'homme volant », avec un sourire qui neutralisait quelque peu l'humilité de ses paroles.

Dacia allait dire quelque chose, mais elle l'oublia soudain. Elle se sentit confuse, avec sa main dans celle de son malade. Elle se disait qu'elle avait peut-être exagéré l'intensité de son attaque, qu'elle avait été un peu trop virulente. Après tout, il n'avait fait que l'interroger, il n'avait pas dit nettement qu'elle aurait pu le trahir.

– Je suis désolée, dit-elle de nouveau.

La situation changeait.

– Un bracelet de diamants! dit sir Marcus à

mi-voix, comme s'il ruminait l'histoire. En somme, il essayait de vous avoir au rabais : un bracelet coûte à peu près mille livres. Vous auriez pu obtenir n'importe quoi de Blonfeld : des diamants, des robes, des fourrures. Vous êtes-vous rendu compte de cela?

Il parlait sur le ton de la conversation et elle ne s'en offensa pas.

– Je n'y ai pas du tout pensé sur le moment, dit-elle. Mais, ensuite, je me suis dit que cela aurait pu être drôle d'accepter le bracelet et de lui indiquer de faux chiffres, rien que pour lui donner une leçon.

– Pourquoi ne l'avez-vous pas fait?

– D'abord, je n'en ai pas eu l'idée et ensuite, même si je l'avais eue, je n'aurais rien dit.

– Pourquoi?

– Par fierté, je suppose. Je n'aurais pas voulu que von Blonfeld ou qui que ce soit puisse croire que je suis corruptible.

Les lèvres de sir Marcus se tordirent en une moue méprisante.

– Pourtant, chaque femme à son prix, dit-il. Ça peut ne pas être de l'argent, cela peut être le pouvoir ou le prestige mais, obligatoirement, une femme peut s'acheter.

Pendant une seconde, Dacia le regarda : elle avait l'impression d'avoir reçu un soufflet. Cette fois, il l'insultait sciemment et elle ne pouvait supporter son mépris. Puis, soudain, elle se rappela qu'elle n'avait rien à répondre, car, pour faire quelque chose qu'elle ne désirait pas faire, elle avait accepté cinq cents livres.

L'humiliation lui donna envie de s'enfuir pour cacher sa honte. Mais elle releva la tête.

– Vous exprimez cela d'une manière sordide, dit-elle. Mais, pour la plupart des femmes, leur prix n'est ni l'argent, ni les bijoux, ni le prestige : c'est l'amour.

5

Dacia découvrit qu'il était difficile de rester en colère tandis qu'elle traversait, dans la voiture de sir Marcus, les rues animées de Rome.

Après que la voiture eut roulé quelques instants, elle ne put s'empêcher de s'exclamer à la vue de quelque superbe monument :

– Quel est ce monument? Et celui-là? Oh! regardez ces marches : quel est l'édifice qui se trouve là-haut?

Lorqu'ils atteignirent les faubourgs de Rome, elle avait totalement oublié qu'elle eût jamais été mécontente ou que son compagnon fût l'homme le plus désagréable qu'elle ait jamais rencontré.

– Regardez ces cyprès! s'exclama-t-elle. Et cette petite colline avec une église tout en haut... C'est un vrai tableau italien!

– C'est exact! dit sir Marcus.

– Ne vous moquez pas de moi, supplia la jeune fille. Vous avez déjà vu tout cela, mais, pour moi, c'est le pays des fées : un rêve qui se réalise.

Le visage de sir Marcus parut s'adoucir, comme s'il lui était impossible de rester froid et cynique devant tant d'enthousiasme.

– Gare aux déceptions, dit-il, d'un ton paternel. On attend beaucoup d'une chose, puis on constate que la réalité est inférieure à ce qu'on espérait.

– Comme c'est triste pour vous! dit Dacia, pleine de commisération. Pour moi, c'est différent : tout ce que j'espérais trouver a toujours été aussi beau que je le croyais, sinon davantage. Et Rome ne fait certainement pas exception... du moins ce que j'en ai vu jusqu'ici.

Elle s'arrêta soudain et sir Marcus, qui l'observait, remarqua :

– Il me semble que vous faites une réserve. Est-ce que je me trompe?

Elle se tourna pour lui sourire.

– Comment l'avez-vous deviné? Il n'y a que le Colisée qui m'ait un peu désappointée. Je pensais qu'il serait superbe, je m'attendais à le voir exactement tel qu'il est, mais il a quelque chose...

Elle eut un petit frisson.

– Quoi donc? demanda sir Marcus qui semblait intéressé.

– Je ne sais pas si vous comprendrez. Non... je suis même sûre que vous ne comprendrez pas. Ce n'est vraiment pas une chose que je peux exprimer verbalement. C'est... ce qui s'y est passé jadis qui me fait peur. Peut-être tant de cruauté... Ou bien ce sont les ruines qui produisent cette impression.

Sir Marcus garda le silence et elle eut l'impression qu'il réfléchissait à ses paroles. Puis il y eut tant de choses à regarder au long de la route qu'elle oublia le Colisée.

Dans les petits villages, les toits de tuiles des maisons tournaient au rouge vif sous le soleil. Des bœufs travaillaient dans les champs. Tout cela était pour Dacia un enchantement qu'elle ne pouvait décrire avec des mots.

Bien trop vite, selon son goût, ils quittèrent la

grand-route et, après quelques kilomètres, franchirent une haute grille de fer forgé. Puis ils suivirent une allée bordée de hauts cyprès qui les conduisit à une villa de pierre entourée d'un superbe jardin.

Tout à coup, Dacia se rappela que sir Marcus l'emmenait déjeuner chez des inconnus.

– Où sommes-nous? demanda-t-elle. Chez qui allons-nous?

– Nous allons déjeuner chez la princesse Luciana Mianési, répondit son compagnon. C'est une personne fort intéressante et la maîtresse de maison la plus populaire de Rome.

– Elle me paraît très intimidante! remarqua Dacia. J'ai peur que cela ne l'enchante pas de me recevoir.

– Je l'ai prévenue que j'amenais mon infirmière. J'ai pensé que cela vous amuserait de voir la maison et de rencontrer la princesse.

– C'est très aimable à vous, murmura la jeune fille.

Devant la porte de la villa, une douzaine de voitures étaient garées. Ils entrèrent dans le hall où s'épanouissaient une profusion de fleurs de serre.

Dacia eut à peine le temps d'admirer ces merveilles. Elle se retrouva bientôt dans des salons tellement exquis qu'ils semblaient faire partie de ces tableaux qu'elle admirait dans le bureau de son père.

Elle suivit sir Marcus vers le fond d'une salle où une femme aux cheveux blancs, couverte d'émeraudes, parlait avec animation à de nombreux invités qui buvaient des cocktails.

Lorsqu'elle aperçut sir Marcus, la princesse s'interrompit au milieu d'une phrase et tendit ses deux mains en un geste de bienvenue.

– Mon cher sir Marcus! Comme je suis charmée de vous voir! Il y a si longtemps que vous n'êtes venu à Rome. J'ai été ravie d'apprendre votre arrivée.

A la grande surprise de Dacia, le glacial sir Marcus s'inclina et baisa la main de la princesse, sans le moindre embarras, et avec une grâce qui égalait celle des Italiens.

– Je suis infiniment heureux de vous revoir, dit-il. J'avais un peu peur que vous ne m'ayez oublié.

– Vous le mériteriez! dit sévèrement la princesse. Vous ne m'avez même pas envoyé une carte à Noël!

– Pardonnez-moi, je n'envoie jamais de cartes à personne.

La princesse éclata de rire et se tourna pour présenter le nouvel arrivant aux gens qui l'entouraient. Mais sir Marcus prévint son intention.

– Puis-je vous présenter mon infirmière, miss Vancroft? dit-il. Je vous ai raconté que j'ai eu un accident avant de quitter l'Angleterre.

– Vous avez une infirmière! s'exclama la princesse. Et une infirmière qui est encore une enfant! Je m'attendais à quelqu'un de beaucoup plus âgé, quelqu'un qui saurait vous faire obéir et vous faire prendre vos remèdes!

– Je vous assure que miss Vancroft sait très bien faire cela, répondit sir Marcus.

La princesse effleura la main de Dacia de ses doigts chargés de bagues, puis, prenant le bras de sir Marcus, elle l'entraîna vers un groupe d'invités assis près de la fenêtre.

– Il y a là une de vos vieilles amies qui brûle de vous revoir, dit-elle. En fait, elle est venue d'Angleterre spécialement pour cela.

Tandis qu'ils s'éloignaient, Dacia entendit l'Italienne demander un peu trop haut :

– Votre infirmière va-t-elle déjeuner avec nous?

Elle se sentit subitement paralysée en attendant la réponse.

– Naturellement! dit sir Marcus. Je l'ai amenée car je voulais qu'elle puisse voir l'une des gloires de Rome.

– Je me demandais... dit la princesse d'un ton vague. Et voilà Sybil : vous ne vous attendiez pas à la voir, n'est-ce pas?

Dacia vit une femme se lever d'un canapé et s'avancer vers sir Marcus, les lèvres entrouvertes, les yeux brillants, les cils chargés de mascara. Elle était très belle, l'une des femmes les plus belles que Dacia eût jamais vues. Grande et brune, elle portait une courte veste de fourrure et avait à la main un manchon de vison noir.

– Marcus! dit-elle d'une voix basse et profonde qui parut vibrer dans tout le salon. Pourquoi ne m'avez-vous pas dit que vous partiez pour Rome?

– J'avais l'intention de vous prévenir, répliqua sir Marcus. Je voulais vous téléphoner, mais j'ai eu un accident.

– Je suis heureuse de n'avoir pas su cela, j'aurais été folle d'inquiétude, déclara la jeune femme brune. Par bonheur, je ne l'ai appris que quand la princesse m'a dit que vous veniez chez elle aujourd'hui, avec votre infirmière.

Ses paroles et le coup d'œil qu'elle jeta à Dacia firent soudain comprendre à la jeune fille quel était son isolement au milieu de tous ces inconnus. Intimidée et mal à l'aise, elle se demanda si elle pouvait partir et disparaître avant que sir Marcus puisse l'arrêter; puis s'asseoir dans la voiture en attendant la fin du déjeuner. Mais elle pensa que, si elle faisait cela, elle se donnerait en spectacle. Et son père lui avait toujours dit que les hommes détestent cela au plus haut point.

« Il faut que je fasse comme si je n'entendais rien », se dit la jeune fille.

A ce moment, à son grand soulagement, quelqu'un vint à elle : un jeune homme au sourire aimable, aux yeux malicieux et de cette élégance qui est le fait des Italiens en général, comme Dacia l'avait remarqué, et qui était très différente de la correction un peu raide de sir Marcus et des Anglais en général.

– Puis-je vous offrir quelque chose à boire? demanda-t-il.

– J'aimerais beaucoup un jus de tomate, dit la jeune fille.

Elle avait vu quelqu'un qui tenait un verre plein d'un liquide rouge vif.

– Est-ce parce que vous êtes dans l'exercice de vos fonctions? demanda l'Italien. Ou est-ce vraiment parce que vous aimez ça?

– Les deux, je crois, répondit Dacia. Je n'ai pas l'habitude de boire avant le déjeuner.

Il sourit gentiment et alla lui chercher la boisson désirée. Elle prit le verre, heureuse d'avoir quelque chose entre les mains. Elle se sentait si peu à sa place dans son uniforme!

– Est-il agréable de s'occuper de sir Marcus? demanda le jeune Italien.

– Certainement. J'ai eu beaucoup de chance d'avoir pu venir à Rome avec lui.

– Il n'a pas l'air très malade, remarqua le jeune homme. Je pourrais vous proposer une situation plus ardue.

– Laquelle?

– Celle de vous occuper de moi, dit-il gaiement. J'ai à peu près un accident par semaine.

– Je n'ai jamais vu personne avoir l'air mieux portant, déclara Dacia en riant.

– On m'a fait douze points de suture au bras il y a dix jours, protesta l'Italien, et j'ai reçu un coup sur la tête qui a détruit, affirme mon médecin, le petit morceau de cerveau qui me restait!

Il vit l'air surpris de la jeune fille et ajouta en souriant :

– Je suis ce que vous appelleriez pilote de course.

– Je comprends! s'exclama Dacia. Vous êtes obligé de faire un métier aussi dangereux?

– Non, mais j'aime cela. N'est-ce pas une explication suffisante? Et tout ce qui est amusant n'est-il pas dangereux?

– Je ne crois pas, dit Dacia sérieusement.

– Cela prouve que vous n'avez jamais été amoureuse, car c'est le sport le plus dangereux de tous.

Dacia rit en guise de réponse. Elle ne pouvait s'en empêcher. Ce jeune Italien était amusant et impudent, non pas tellement par ce qu'il disait, mais par sa façon de le dire, avec le regard en coin de ses yeux sombres et hardis.

– Qui donc parle à sir Marcus? demanda Dacia à l'Italien.

– C'est lady Sybil Bolton. Vous n'avez jamais entendu parler d'elle?

– Je crois que si.

La jeune fille avait un vague souvenir de ce nom lu dans les colonnes des potins mondains.

– Naturellement, Sybil est célèbre dans toutes les

capitales du monde. Vous ferez bien de surveiller sir Marcus, sans quoi vous n'aurez bientôt plus de malade à soigner.

– Vous voulez dire qu'elle est amoureuse de lui ?

Au moment même où elle posa la question, Dacia pensa qu'elle aurait mieux fait de se taire. Mais il était trop tard.

– Comme vous êtes naïve ! dit l'Italien. Sir Marcus est très riche. Du moins en a-t-il la réputation.

A ce moment, il y eut vers la porte un mouvement général et Dacia devina que le déjeuner était servi.

– Venez, dit la princesse. Je passe devant pour vous indiquer vos places.

Elle passait devant Dacia et son compagnon et dit à ce dernier :

– Oh ! Bimbo, occupez-vous de la petite infirmière de sir Marcus. Je vous ai placé à côté d'elle à table.

– Quelle chance ! s'exclama le jeune homme. Je ne croyais pas m'amuser à ce déjeuner. La princesse invite toujours trop d'hommes, et, comme je suis son filleul et que je fais partie de la famille, elle me place là où on s'ennuie le plus. Pour une fois, j'ai de la veine !

Dacia comprit qu'en d'autres termes il lui avouait avoir été mis à côté de l'invitée la moins importante ! Mais elle n'avait aucune envie de discuter les décisions de la princesse.

Elle s'assit et vit que sa place était la seule qui fût dépourvue de carte portant un nom. Elle jeta un coup d'œil à celui inscrit sur la carte à sa droite et constata que son voisin s'appelait le comte Bernini Camparno.

Il vit le coup d'œil et poussa la carte vers elle.

– On ne nous a pas présentés l'un à l'autre, je crois. Très peu anglais! Appelez-moi tout simplement Bimbo, c'est comme ça que tout le monde m'appelle.

– Et moi, je m'appelle Dacia Vancroft.

– Dacia, quel joli nom! Vais-je vous raconter ma vie tout de suite ou commencerons-nous par le récit de la vôtre?

– J'aimerais beaucoup entendre votre histoire.

– Autrement dit, vous ne voulez pas me parler de vous. Eh bien! cela viendra en son temps. Je veux tout savoir. Comment vous êtes ici, pourquoi vous êtes infirmière... Au fait, peut-être est-ce parce que l'uniforme vous va si bien?

Il continua à bavarder et à flirter, plaisantant et faisant les remarques les plus incroyables sur tous les convives. Dacia riait comme elle n'avait jamais ri à aucune réception, comme elle n'aurait jamais cru pouvoir rire à un déjeuner aussi solennel et aussi mondain que celui de la princesse.

Elle remarqua que sir Marcus ne semblait pas du tout s'amuser autant qu'elle. Lady Sybil était assise à côté de lui. Elle levait ses grands yeux noirs vers lui et paraissait si jolie et si séduisante que Dacia se demandait comment sir Marcus pouvait demeurer aussi insensible.

Le repas s'acheva et le comte, prenant la carte sur laquelle était écrit son nom, ajouta au dos un numéro de téléphone.

– Je vais vous téléphoner, dit-il, je veux que vous veniez dîner avec moi. Je vous ferai visiter Rome pendant que sir Marcus parlera affaires et vous me donnerez tous les détails sur vous. Marché conclu?

– Je ne crois pas une seconde que vous vous souviendrez de moi, dit la jeune fille, mais merci tout de même de l'invitation.

– Voulez-vous dîner avec moi ce soir?

– Non... je ne pense pas pouvoir. Sir Marcus peut avoir besoin de moi.

– Essayez de vous libérer, supplia le comte. Tâchez de savoir ses projets pendant le trajet du retour. Je vous téléphonerai vers 7 heures.

– Vous le ferez vraiment?

– Mais bien sûr! Pourquoi pensez-vous que je pourrais ne pas le faire?

– Vous pouvez inviter qui vous voulez, répondit Dacia. Pourquoi m'inviter, moi?

– Je viens de vous le dire : parce que vous êtes la fille la plus jolie que j'aie vue depuis des années.

Comme ils atteignaient le salon, lady Sybil Bolton s'approcha de la jeune infirmière et lui dit de sa voix basse, un peu rauque :

– Sir Marcus a-t-il été gravement atteint?

– Il a eu un grand choc, répondit Dacia. Il devrait être au repos.

La jeune fille eut l'impression que l'autre femme la jaugeait, la regardant des pieds à la tête.

Lady Sybil s'éloigna et Dacia, parce qu'elle ne pouvait pas rester debout au milieu du salon, alla s'asseoir sur une banquette devant la fenêtre qui donnait sur les jardins.

Le temps lui parut long avant que les hommes reviennent à leur tour de la salle à manger et sir Marcus, qui boitait beaucoup plus que le matin, lui fit signe qu'il était l'heure de partir. Elle le rejoignit avec empressement.

– Mon chéri, je vous verrai ce soir, n'est-ce pas?

s'écria lady Sybil. Ne dites pas non, Marcus, il faut que je vous voie, il le faut.

Sir Marcus regarda sa montre.

– Je vous téléphonerai après la conférence, dit-il. Nous en sommes au stade préliminaire des discussions et vous savez combien cela prend de temps.

– Marcus, vous serez tout de même libre pour dîner?

– Je vous le ferai savoir, Sybil. Venez, Dacia.

Ils firent leurs adieux à la princesse.

La voiture fut amenée devant le perron et ils y montèrent en silence. Ils étaient arrivés au bout de l'avenue de cyprès quand « l'homme volant » parla enfin :

– Il m'a semblé que vous vous amusiez bien.

– Beaucoup plus que je ne m'y attendais, avoua Dacia. C'est là une maison splendide! J'ai été très intimidée au début, mais, ensuite, le comte a été très gentil pour moi.

– C'est ce que j'ai remarqué. Prenez garde de ne pas croire toutes les sottises que débitent ces Italiens. Ce jeune homme, en particulier, est un charmant bon à rien : le seul travail qu'il ait jamais effectué est de mettre de l'argent sur une table de roulette.

– Je l'ai trouvé très amusant, dit-elle. Il m'a invitée à dîner avec lui ce soir. J'aimerais y aller.

– Je crains que ce ne soit impossible.

– Pourquoi?

– Parce que j'ai besoin de vous.

Il y eut un silence. Dacia n'avait rien à redire à cela; pourtant, elle ne pouvait s'empêcher d'être indignée.

– Je vous ai amenée ici pour vous occuper de moi, déclara sir Marcus. Est-ce clair?

– Naturellement. Seulement, je pensais que vous étiez peut-être engagé par ailleurs.

– Vous vous êtes trompée, déclara sir Marcus froidement.

Dacia avait bien envie de récriminer, mais son bon sens l'en empêcha.

– Quelqu'un viendra me voir à l'hôtel, dit soudain sir Marcus, interrompant ses réflexions. Je ne sortirai pas avant 4 heures. Je voudrais que vous attendiez jusque-là au cas où j'aurais besoin de vous.

– Très bien, dit-elle.

En silence, ils traversèrent les rues de Rome. Dacia était plongée dans ses pensées, sir Marcus avait fermé les yeux; peut-être dormait-il.

Quand ils arrivèrent à l'hôtel une foule attendait devant l'ascenseur. Quand celui-ci descendit, Dacia constata qu'il y avait une personne en surnombre.

– Je viendrai tout à l'heure, dit-elle à sir Marcus.

Comme l'ascenseur disparaissait, elle se rendit à la réception.

– Je suis miss Vancroft, dit-elle, l'infirmière de sir Marcus Cunningham. J'attends ce soir des communications téléphoniques : voulez-vous veiller à ce qu'elles soient transmises à ma chambre, numéro 64, au cinquième étage? On m'a dit qu'hier soir on a déclaré à des personnes qui m'appelaient qu'elles ne pouvaient pas me parler. Je ne voudrais pas que cela se reproduise.

Le portier décrocha l'appareil téléphonique.

– Un instant, s'il vous plaît, signorina.

Il parla en italien pendant quelques minutes.

– Je regrette, signorina, mais sir Marcus Cunningham a donné l'ordre qu'aucun appel téléphonique ne vous soit transmis. Je crains que vous n'ayez à lui demander de donner des instructions contraires si vous voulez que le téléphoniste puisse vous obéir.

– Bien, dit Dacia.

L'ascenseur revenait, et elle y monta, l'air décidé.

Elle se rendit tout droit à son salon, sans même prendre le temps de retirer son manteau et son chapeau. Sir Marcus était assis devant un bureau, une pile de lettres devant lui.

– Pendant que j'étais en bas, dit Dacia, j'ai demandé que les appels téléphoniques qui me sont destinés me soient transmis dans ma chambre. On m'a répondu que, selon vos instructions, je ne devais recevoir aucune communication. Je vous prierai de revenir immédiatement sur cette insupportable restriction à mon sujet. Je suis votre infirmière et vous n'avez aucun droit de contrôler ou de surveiller ma vie privée, ou ce que je fais pendant mes heures de loisir.

– Je ne vais certainement pas vous laisser parler à la presse, déclara-t-il. Je vous l'ai dit hier soir : je connais leurs habitudes de conduite et leur indiscrétion.

– Si, par la « presse », vous voulez parler de M. Taylor, riposta Dacia, je l'ai rencontré ce matin et j'ai eu avec lui une conversation. C'est un garçon très bien et je ne vois aucune raison pour ne pas lui parler par téléphone. A lui ou à quiconque, du reste.

– Je vous ai dit de ne pas lui adresser la parole! s'exclama sir Marcus avec fureur, en donnant un coup de poing sur la table.

– Je regrette que cela vous déplaise, mais je ne puis que me répéter : mes loisirs m'appartiennent et à moi seule.

– J'ai été idiot de vous amener! gronda sir Marcus. Vous êtes beaucoup trop jeune et trop inexpérimentée pour ce genre de place. Vous ne comprenez pas ce que vous faites.

– Je comprends parfaitement. Et vous me pardonnerez si je vous rappelle que je ne voulais pas venir et que c'est vous qui m'y avez obligée.

– C'était dans votre intérêt!

– Peut-être, admit Dacia, mais malgré cela, je ne voulais pas venir.

– Et pourquoi ne vouliez-vous pas venir? tonna sir Marcus.

– A cause de vous. Parce que vous êtes discourtois et tyrannique, répondit hardiment la jeune fille.

Elle avait parlé spontanément. Mais elle s'arrêta, horrifiée : comment pouvait-elle se conduire ainsi? Comment pouvait-elle tenir aussi mal sa place?

Elle baissa les yeux et dit sur un ton tout différent :

– Je regrette, je n'aurais pas dû dire cela. Vous avez raison, vous n'auriez pas dû m'emmener, je ne suis pas celle qu'il faut pour faire ce genre de travail. Vous me faites dire des choses que je ne veux pas dire, tellement vous me mettez en colère.

– Simplement parce que j'essaye de vous protéger contre vous-même, dit sir Marcus.

– Je n'ai aucun besoin de protection, déclara Dacia. Ne pouvez-vous comprendre que je ne suis plus une enfant? Je fais mon métier de mon mieux; si je ne vous satisfais pas, vous n'avez qu'à me renvoyer chez moi.

– Je ne me plains pas de vous, que je sache!

– Non, reconnut Dacia à contrecœur.

– Très bien. Je pense que le mieux est que vous fassiez ce que vous voulez.

Il décrocha l'appareil téléphonique.

– Ici, sir Marcus Cunningham, dit-il. Veuillez transmettre dans la chambre de miss Vancroft tous les appels qui lui seront destinés.

– Merci, dit la jeune fille. Je suis désolée, sir Marcus, désolée de ce que je vous ai dit et de la façon dont je me suis conduite. Vous avez été bon et généreux pour moi et je ne sais pas pourquoi je m'emporte aussi facilement.

– Je me demande si vous pensez vraiment tout cela? murmura sir Marcus entre ses dents.

Ce n'était guère possible qu'il eût prononcé ces mots-là. Pourtant, elle avait bien entendu. Que voulait-il dire? se demanda la jeune fille.

6

Dacia sortit de sa chambre et courut vers l'ascenseur, tout en mettant son manteau. Elle avait deux heures devant elle. Sir Marcus le lui avait dit avec un manifeste déplaisir :

– Je vais avoir du travail pendant deux ou trois heures. Si vous avez quelque chose à faire, tâchez de vous débrouiller pour être de retour à 6 heures.

L'ascenseur mit quelques minutes avant d'arriver et, lorsque Dacia y pénétra enfin et s'assit, il fallut encore attendre, car le liftier avait aperçu une personne qui venait dans sa direction.

« Vite, vite! » avait envie de crier Dacia. Mais

quand elle vit qu'il s'agissait d'une vieille dame appuyée sur une canne, elle eut honte de son impatience.

Elle se leva vivement lorsque la vieille dame entra dans l'ascenseur. C'était une personne assez impressionnante, avec un nez aussi romain qu'aristocratique, un visage profondément ridé et des yeux vifs qui semblaient ne rien laisser échapper. Elle était très élégamment vêtue de noir et les perles autour de son cou, les diamants qui ornaient les oreilles et ses doigts avaient visiblement une grosse valeur.

– Merci, dit-elle. Merci, ma chère enfant. Vous êtes fort polie, mais il y a de la place pour nous deux sur cette banquette. Vous êtes infirmière, je crois?

– Oui, madame, répondit la jeune fille. Je viens d'Angleterre pour la première fois.

L'ascenseur atteignait le rez-de-chaussée. Dacia s'effaça pour laisser passer l'Italienne.

– Où allez-vous, ma chère enfant? demanda celle-ci. Dans les magasins?

– J'espérais avoir le temps d'aller voir la fontaine de Trevi, répondit Dacia. J'ai promis à mes sœurs que j'y jetterai une pièce d'argent pour être sûre de revenir à Rome et j'ai très peur d'être empêchée de tenir ma promesse. Je crois qu'il vaut mieux profiter de la première occasion.

– Jeunesse! Jeunesse! dit la vieille dame, un peu comme si elle se parlait à elle-même. Comme c'est merveilleux de pouvoir faire des projets d'avenir! Quand on arrive à mon âge, on regarde en arrière, pas en avant.

Elle sortit lentement de l'ascenseur et s'arrêta au moment où Dacia allait s'éloigner.

– Je vais vous emmener à la fontaine dans ma voiture, dit-elle.

– Comme c'est aimable à vous! s'exclama la jeune fille. Mais je ne voudrais pas vous déranger.

– Vous ne me dérangerez pas, je vais justement de ce côté.

Elle traversa le hall; sa canne frappait le sol de marbre.

Un chauffeur attendait au volant d'une luxueuse voiture et un valet de pied aida la vieille dame à monter et à s'asseoir; puis il couvrit ses jambes d'un châle de zibeline.

– A la fontaine de Trevi, Alberto, dit la vieille dame en italien.

L'homme répondit :

– Très bien, Votre Excellence.

– Et maintenant, parlez-moi de vous, dit-elle à Dacia, comme la voiture démarrait.

– Il n'y a pas grand-chose à en dire, répondit la jeune fille. Je suis infirmière ainsi que vous le voyez et je suis venue avec sir Marcus Cunningham. Il s'est blessé la jambe dans un accident d'avion et a été transporté chez mon père qui est médecin.

– Une chance pour vous, en vérité! dit la vieille dame en souriant.

– Oui, une chance pour moi de voir Rome. C'est une chose que j'ai toujours désirée.

– Avez-vous eu suffisamment de temps pour voir la ville? Avez-vous vu le Colisée au clair de lune? (Elle s'interrompit et rit.) Non, c'est le genre de choses romantiques qu'on aimait faire quand j'étais jeune. Maintenant, la jeunesse préfère danser.

– J'ai peur de ne pouvoir mettre la danse à mon programme, dit Dacia. D'abord, je n'ai personne pour m'emmener danser et, ensuite, je suis de service presque tout le temps. Je n'aurais guère le loisir de courir les bals.

La voiture ralentissait à l'entrée d'une rue étroite.

– Nous y voilà! s'écria la vieille dame. Allez jusqu'à la fontaine à pied, ma voiture est trop large pour ces vieilles ruelles.

– Merci. Merci mille fois! dit Dacia. Vous avez été si bonne de me conduire ici et d'être... tellement aimable.

– Votre joli petit visage y est peut-être pour beaucoup, répliqua la vieille Italienne. Allez vite, mon enfant, ne perdez pas de précieuses minutes à me parler. J'espère que nous nous reverrons. Je suis la marchesa di Malacredini : les gens vous diront que je suis une vieille femme cynique, mais il m'arrive parfois de me rappeler ce que c'est qu'être jeune.

Dacia descendit de la voiture et fit un geste d'adieu, tandis que la voiture démarrait. Elle aperçut la marquise qui lui souriait avant de disparaître.

Puis, toute son attention se tourna vers la fontaine qu'elle allait voir enfin.

Elle se hâta le long de la petite rue mal pavée et se trouva bientôt en face du monument qui intéressait tant ses jeunes sœurs.

Il était bien joli dans la pâle lumière du jour déclinant, avec les cascades irisées qui retombaient dans le grand bassin de pierre au fond duquel brillaient des centaines de pièces d'argent jetées là par les touristes. L'endroit semblait enchanté, et on avait l'impression que le dicton disait vrai : si l'on jette une pièce en formulant un vœu, on revient obligatoirement dans la Ville Eternelle, comme attiré par un aimant.

La jeune fille prit une pièce de cinq lires dans son porte-monnaie.

Il faut que je fasse un vœu, songea-t-elle.

Une foule de souhaits se pressa dans sa tête, pour son père, pour Gaye et Christine, pour le petit Robin et, comme elle hésitait, une image se présenta à son esprit : le visage de sir Marcus, sévère et tendu, froid, un peu effrayant, avec, dans les yeux, pourtant, l'expression d'une supplication. Supplier qui et pourquoi? Elle aurait été bien incapable de le dire.

Je vais faire un vœu pour papa, décida-t-elle. C'est lui qui vient en premier.

Elle balança son bras pour prendre son élan et jeter la pièce, mais en dépit de ses efforts pour se concentrer sur ce qu'elle souhaitait à son père, sir Marcus revint à son esprit. Elle pensa à lui quand la pièce fendit l'air, toute brillante à la lumière, et quand elle toucha l'eau, et s'y enfonça.

J'ai fait un vœu pour sir Marcus! pensa Dacia, troublée. Je n'avais aucune intention de faire cela, je voulais penser à papa, à ma famille!

Dacia regarda sa montre et constata qu'elle n'avait plus beaucoup de temps. Si elle voulait rentrer à pied, il fallait qu'elle se dépêche.

Elle était hors d'haleine quand elle atteignit l'hôtel. Craignant que sir Marcus ne l'attendît, elle alla directement à son salon et en ouvrit la porte. Il était là mais il n'était pas seul : lady Sybil Bolton était avec lui, ravissante et superbe dans sa robe de cocktail en lamé or et une étole de vison couleur de miel sur les épaules. Ils semblaient converser avec beaucoup d'animation et la jeune fille se serait éloignée discrètement si sir Marcus n'avait levé la tête et ne l'avait vue.

– Oh! Dacia, vous voilà de retour? dit-il. Lady Sybil s'en va. Voulez-vous téléphoner pour demander une bouteille de whisky, du soda et des verres?

– Dois-je téléphoner de ma chambre?

– Mais non, elle peut très bien le faire d'ici, déclara lady Sybil en se levant. Comme je vous verrai à dîner, Marcus, nous pourrons continuer cette conversation. En attendant, merci mille et mille fois pour votre superbe cadeau : ces boucles d'oreilles sont des merveilles!

Dacia essayait de ne pas écouter, mais elle eut l'impression que lady Sybil parlait ainsi pour elle. Et ce fut avec ostentation qu'elle prit un écrin de velours bleu sur le canapé à côté d'elle.

– Cher Marcus, vous êtes si généreux! continua-t-elle. Non, ne bougez pas, je sais que votre jambe vous fait mal. A bientôt : nous nous verrons dans deux heures.

Elle sortit, marchant avec cette grâce sensuelle et souple qui rappelait à Dacia les mouvements d'une panthère.

– Bonsoir, petite, dit-elle en passant devant la jeune fille. Je trouve votre malade beaucoup mieux. Il pourra bientôt se passer de vos services.

La remarque était faite sur le ton le plus aimable et Dacia ne pût démêler la véritable intention de la jeune femme : voulait-être être désagréable ou se réjouissait-elle sincèrement du prompt rétablissement de sir Marcus?

Dacia alla au téléphone et demanda qu'on monte du whisky et du soda, puis elle se tourna vers sir Marcus.

– Voulez-vous que je m'occupe de votre jambe maintenant? demanda-t-elle.

– Elle me fait mal, mais elle peut attendre jusqu'à ce que je me change pour le dîner.

– Très bien, dit Dacia. Je serai dans ma chambre si vous avez besoin de moi.

– Attendez, dit-il. Vous avez entendu que je sors pour dîner. Vous pourrez donc accepter cette invitation ainsi que vous le désiriez tant.

– Je suppose que le comte l'a tout à fait oubliée. Je dînerai tout simplement ici ou j'irai faire un tour.

– Où êtes-vous allée? demanda brusquement le blessé. Qu'avez-vous fait de ces deux heures?

– J'ai été à la fontaine de Trevi, répondit la jeune fille timidement, craignant qu'il ne se mette à rire.

– Ainsi vous souhaitez revenir à Rome?

– Naturellement. Je voudrais y revenir avec Gaye et Christine et, bien sûr, avec papa.

– Croyez-vous qu'ils aimeraient la ville autant que vous?

– Papa, sûrement, dit Dacia. (Elle sourit.) Vous pensez que Gaye ne voudrait voir que les endroits qui lui rappellent des films et que Christine aurait surtout envie de danser? Eh bien! vous avez raison! Selon la marchesa, on peut trouver tout cela aussi à Rome.

– La marchesa?

– Oui, la marquise di Malacredini. Je lui ai parlé dans l'ascenseur et elle a été assez bonne pour me conduire à la fontaine dans sa voiture.

Sir Marcus sourit :

– Vous vous débrouillez vraiment fort bien! La marchesa est l'une des vieilles dames les plus inaccessibles de Rome. Elle terrifie tout le monde! Vous pouvez en parler à lady Sybil : elle a refusé de m'inviter à une réception la semaine prochaine, bien que plusieurs amis communs lui aient demandé de le faire. Elle est ce qu'on peut appeler extrêmement distante!

– Mais elle a été tellement gentille pour moi! s'exclama Dacia. Evidemment, je ne la rencontrais pas dans une réception : elle a seulement voulu être bonne pour une étrangère.

Avant que sir Marcus ait eu le temps de répondre, on frappa à la porte : des voix résonnaient dans le couloir.

– Voilà vos amis, dit Dacia, je me sauve.

Dans sa chambre, elle demeura un moment en contemplation devant la fenêtre : le jardin était si joli! Quelle journée mouvementée elle venait de vivre! Et peut-être n'était-ce pas fini : le comte ou Tim Taylor pouvaient encore téléphoner! Mais à présent, elle recevrait leurs appels.

Effectivement, la sonnerie retentit soudain et elle décrocha l'appareil : son cœur battait à l'étouffer.

– Miss Vancroft?

– Oui.

– Parfait. Ici, Bimbo : avez-vous oublié que vous avez promis de dîner avec moi ce soir?

– Je n'ai rien promis du tout. Est-ce vraiment une invitation?

– Bien sûr. Il faut absolument que vous veniez, j'ai à vous parler. Je veux vous revoir.

– Si vous êtes certain d'avoir vraiment envie de me voir, je peux venir, dit Dacia.

– Je vous dirai à quel point je veux vous voir quand vous serez là. Quand pouvez-vous être prête?

– Quelle heure vous convient?

– Je viendrai vous chercher vers 9 heures et demie; personne ne dîne de bonne heure, ici.
– Cela ne me fera-t-il pas rentrer trop tard?
– Qu'est-ce que cela fait? Je vous garderai jusqu'à l'aube : j'ai tant de choses à vous dire, tant de choses à apprendre sur vous!
– Eh bien, je suppose que cela peut aller, dit Dacia, un peu troublée. Je vais en parler à sir Marcus.
– Vous n'avez pas à le faire! Vos soirées vous appartiennent. Que fait-il ce soir?
– Il dîne dehors.
– Avec l'adorable Sybil? Dans ce cas, vous n'avez pas à vous faire de souci, je peux vous affirmer qu'il sera très occupé.
Dacia se raidit à la voix moqueuse du jeune homme.
– J'ignore avec qui sir Marcus doit dîner, mentit-elle.
– Ne vous tracassez pas pour lui. Pensez plutôt à moi et à mon désir de vous voir! A 9 heures et demie, je vous dirai à quel point j'adore une petite infirmière anglaise qui ressemble à une rose.
Il raccrocha et, après quelques instants, Dacia reposa l'écouteur, lentement, comme si elle demeurait sous le charme de la voix caressante. Qu'il était merveilleux, se dit-elle, d'entendre un homme lui parler en ces termes! Un homme... un comte, un bel et séduisant Italien qui connaissait toutes les personnalités romaines!
Gaye et Christine la croiraient-elles quand elle leur raconterait cela?
Il fallait qu'elle leur en parle tout de suite.
Elle s'assit à la table à écrire dans un angle de la chambre.

Elle y était encore une heure et demie plus tard quand Robert frappa à sa porte pour lui dire que sir Marcus désirait que sa jambe soit pansée. Elle se rendit aussitôt dans la chambre du blessé qu'elle trouva en robe de chambre, le pied sur un tabouret.

Très doucement, elle retira la bande, mais bien avant d'être parvenue au pansement lui-même, elle put voir que la jambe était très enflée et enflammée.

– Vous en avez fait beaucoup trop aujourd'hui, dit-elle. C'est ridicule de sortir encore ce soir. Pourquoi ne vous couchez-vous pas et ne prenez-vous pas une vraie nuit de repos?

– Avez-vous si envie de jouer les anges compatissants et de me tenir compagnie? demanda sir Marcus avec mauvaise humeur. Je croyais que vous projetiez de dîner dehors?

– En effet, mais je peux facilement me décommander, si vous préférez que je reste avec vous.

– Avez-vous l'intention de rentrer tard? demanda sir Marcus.

– Je n'en ai pas l'intention, mais le comte ne doit venir me chercher qu'à 9 heures et demie.

– Ecoutez, Dacia, dit brusquement le blessé, ne sortez pas avec ce garçon. Ce n'est pas le genre de type que vous puissiez comprendre.

– Je suis capable de me défendre, dit Dacia en souriant.

– Je voudrais en être certain, soupira sir Marcus. J'ai peur que rien, dans votre village, ne vous ait préparée aux jeunes bons à rien que vous rencontrerez à Rome ou dans toutes les grandes villes. Le comte est le type jeune lion qui traîne dans tous les bars à la mode.

– N'êtes-vous pas trop sévère? demanda la jeune fille. Le comte m'a paru très gentil. Il a été très aimable pour moi aujourd'hui pendant ce déjeuner où personne d'autre ne songeait à adresser la parole à une modeste infirmière.

– Allez au diable! Faites ce que vous voudrez! Vous sortez avec lui, n'est-ce pas? Que demandez-vous de plus? gronda le blessé avec une brusque irritation.

Sans répondre, Dacia baissa la tête et termina le pansement. Elle alla chercher des pilules et les apporta avec un verre d'eau.

– Je suis désolée, dit-elle, mais je suis obligée de vous prévenir. Il faut absolument que votre jambe se repose. Qu'elle enfle encore un peu et vous serez forcé de vous aliter peut-être pour plusieurs jours. Il faut que vous la gardiez allongée : elle va vous faire très mal cette nuit, mais rien de ce que je peux vous donner pour calmer la souffrance ne vous fera autant de bien que le repos.

– Vous m'ennuyez avec vos conseils! gronda sir Marcus. Je sais très bien que vous dites la vérité, mais je ne veux pas vous écouter. Je vais dîner en ville, entendez-vous? Pour vous faire plaisir je demanderai un tabouret ou n'importe quoi pour étendre ma jambe. Etes-vous contente?

– Et vous reviendrez de bonne heure?

– Oui, je reviendrai de bonne heure.

– Je serai ici pour le cas où vous auriez besoin de moi.

– Je ne veux pas de vous! cria presque sir Marcus. Ne l'avez-vous pas encore compris? Sortez, dansez toute la nuit si ça vous amuse. Pour l'amour du Ciel, ne m'assommez pas avec vos sacrifices héroïques! Il n'y a rien que j'abomine davantage que la générosité servie sur un plat par devoir!

Il prit les pilules apportées par la jeune fille, les absorba et avala une grande gorgée d'eau.

– Maintenant, allez-vous-en, dit-il. Amusez-vous et, pour l'amour de Dieu, laissez-moi m'amuser aussi sans me faire tous ces sermons.

Dacia rassembla les bandes et les instruments et se dirigea vers la porte.

– Bonsoir, monsieur, dit-elle.

Il ne répondit rien. Il était assis, les lèvres boudeuses et les sourcils froncés.

Seigneur! Qu'il est odieux! se dit la jeune fille.

Elle retourna dans sa chambre. Depuis qu'elle en était sortie, quelqu'un y était venu, car il y avait des colis sur le lit. Elle les considéra avec étonnement. Il y avait un papier fixé sur un grand carton, une enveloppe blanche à l'intérieur de laquelle elle trouva un papier où étaient inscrits ces seuls mots : « Pour une infirmière ».

Vite, elle coupa les ficelles qui retenaient les paquets. Dans le carton, elle trouva une robe de dîner, en dentelle bleue, avec un décolleté carré, de toutes petites manches bouffantes et une très large jupe soutenue par une quantité de jupons de tulle.

Dacia déplia la robe de ses doigts tremblants et, presque comme dans un rêve, ouvrit les autres boîtes. Elle découvrit des bas de nylon, une paire de sandales d'argent aux talons hauts et, dans le dernier colis, une écharpe de lourde soie de la même couleur que la robe.

Elle regardait ces trésors d'un air incrédule. Qui pouvait les avoir envoyés?

De nouveau, elle lut le bref message et, tout à

coup, elle eut une idée : la marchesa! Cela ne pouvait être qu'elle! Seule une femme était capable d'avoir ce goût exquis, seule une femme aurait pensé aux bas, aux chaussures et à l'écharpe en plus de la robe.

Que dirait le comte en voyant Dacia avec sa belle robe? Lui qui la trouvait jolie en uniforme, il l'admirerait bien davantage ainsi vêtue!

Doucement la jeune fille palpa la dentelle. Elle était ravissante et la robe avait dû coûter une fortune. Elle avait l'air à la taille de Dacia mais, de toute façon, celle-ci pourrait faire, au besoin, quelques retouches.

Elle retira ses solides chaussures de marche et sur ses bas sombres glissa les petits souliers. Ils allaient parfaitement! Elle fixa les fines courroies au-dessus de ses chevilles et se leva : elle était devenue plus grande de toute la hauteur des talons et elle se sentait soudain gracieuse et légère, prête, comme un oiseau, à prendre son vol.

– C'est merveilleux! merveilleux! dit-elle tout haut.

Elle avait encore bien du temps avant que le comte ne vienne la chercher, mais Dacia avait trop envie de s'habiller. Elle alla dans la salle de bains et se fit couler un bain. Ce soir, elle voulait être plus jolie qu'elle ne l'avait jamais été.

Elle allait entrer dans l'eau quand elle entendit frapper à la porte de la chambre. Vivement, elle passa un peignoir et s'élança.

– Qui est là? demanda-t-elle.

– Ce n'est que Robert, miss Vancroft.

Dacia ouvrit la porte.

– Sir Marcus vient de partir, dit le valet de chambre. Il m'a chargé de vous remettre ceci.

– Merci, Robert.

Dans l'enveloppe, elle trouva une feuille à en-tête de l'hôtel. Deux lignes seulement y étaient écrites :

« Je serai rentré vers minuit. Je voudrais que vous passiez chez moi, en revenant, à n'importe quelle heure. « MARCUS CUNNINGHAM. »

Dacia commença par penser qu'il aurait pu dire « S'il vous plaît », puis elle eut l'impression que, dès maintenant, sa soirée était gâchée. Elle savait qu'elle n'oserait pas rentrer plus tard que minuit et déjà elle pressentait une discussion avec Bimbo.

Je suis ingrate. Cela ne devrait pas me fâcher, se dit-elle, sans conviction. Une fois de plus sir Marcus était parvenu à lui imposer sa volonté. Comme Cendrillon, elle serait obligée de rentrer à minuit. Elle serait incapable de prolonger la soirée, sachant qu'il l'attendait.

Elle jeta la lettre sur la table et retourna dans la salle de bains.

En tout cas, il me verra avec ma robe, se dit-elle. Je me demande ce qu'il en pensera.

Chose singulière, cette pensée parut dissiper les nuages qui obscurcissaient son ciel.

7

Dacia se regardait dans la glace de la penderie. Elle se tourna vers la droite, puis vers la gauche, faisant virevolter sa large jupe; après quoi elle se tint toute droite, fixant son reflet d'un regard incrédule.

Jamais, de toute sa vie, elle n'avait eu une robe aussi belle, aussi élégante. Son instinct de femme lui disait que la robe avait coûté une somme fabuleuse.

– C'est ravissant! ravissant! s'exclama-t-elle. Et toi, tu es ravissante aussi, ajouta-t-elle, s'adressant à son image avec un petit rire.

La sonnerie du téléphone la fit sursauter. Elle courut à l'appareil.

– Est-ce vous, Dacia?

– Allô, ici Tim?

Elle avait reconnu la voix.

– Je me demandais si j'allais vous atteindre! et y parvenant, si vous seriez fâchée contre moi?

– Fâchée?

– Vous avez dû trouver bizarre que je ne vous appelle pas plus tôt à propos de ce soir. Et je peux vous dire que ça a été toute une histoire! s'exclama le journaliste.

– Quelle histoire?

– Eh bien, les clients que tout le monde était venu voir ici ne sont pas arrivés aujourd'hui comme convenu.

– Vous voulez dire les gens qui devaient acheter les appareils? interrogea Dacia.

– Tout juste! Le gros monsieur ne s'est pas présenté et la presse du monde entier s'est disputé plutôt âprement les lignes téléphoniques de Rome, vous pouvez m'en croire! Naturellement, le *Clairon* se devait d'être mieux informé que tous les autres.

– Sir Marcus ne m'a pas dit un mot de tout cela!

– Bouche cousue, c'est sa spécialité, n'est-ce pas? Eh bien! je vais vous raconter ce qui s'est passé : je vous assure que ça m'a tenu plutôt occupé! Les gens qui devaient arriver ici à 10 heures ce matin ont envoyé un télégramme assez sec disant qu'ils viendraient demain... si cela leur convenait. Depuis ce moment, tous les vendeurs tapent du pied de fureur.

Tim riait.

– Je n'ai pas eu le temps de respirer depuis que la nouvelle a éclaté! Et je voulais vous demander de venir dîner avec moi, mais maintenant, je pense qu'il est trop tard, vous avez sûrement terminé.

– En fait, je n'ai pas dîné, répondit la jeune fille, mais je ne suis pas libre.

– Ainsi, un autre vous a invitée? Je suis jaloux! Qui est-ce?

– Je ne sais pas si vous le connaissez, dit Dacia, soudain prise de timidité. Je l'ai rencontré aujourd'hui à déjeuner, c'est le comte Bernini di Camparno.

– Celui qu'on appelle Bimbo?

– C'est cela.

– Je le connais, naturellement, c'est le gigolo à la mode qu'on voit dans tous les endroits chics avec les gens importants. Eh bien, vous faites votre chemin dans le grand monde, il me semble!

– J'en ai l'impression, dit Dacia en souriant.

– Essayons de nous voir demain, suggéra le jeune homme. Dès que je saurai où en sont les choses, si je ne suis pas retenu, je vous téléphone. Cela vous va-t-il?

– Cela me paraît épatant.

– Je vous appellerai aussitôt que je pourrai. Amusez-vous bien, mais gardez la tête froide : la réputation du comte Bimbo n'est pas fameuse.

– Je ferai attention, promit la jeune fille.

Elle avait à peine raccroché que la sonnerie, de nouveau, retentit :

– Le comte Bernini di Camparno attend en bas, signorina, dit la voix du portier.

– Dites-lui que je descends tout de suite, dit Dacia.

Le comte l'attendait dans le hall.

Il était vraiment très beau, avec ses cheveux noirs ondulés et ses dents éclatantes dans son visage bronzé. Et elle ne put s'empêcher d'être un peu émue par son expression où se lisait d'abord la surprise, puis l'admiration.

– Vous êtes exquise! Je suis l'homme le plus heureux de tout Rome! s'exclama-t-il.

Il lui prit la main et la porta à ses lèvres.

– Ma voiture vous attend, dit-il.

Il lui prit le bras et l'entraîna dans la rue vers une longue voiture grise.

– Où vais-je vous emmener? demanda-t-il, comme ils s'éloignaient de l'hôtel. J'avais pensé à un endroit tranquille, mais maintenant que je vous ai vue, je veux que toute la ville vous voie aussi et envie ma chance de vous avoir près de moi.

– Je suis contente que ma robe vous plaise, dit Dacia souriante.

– Vous me plaisez, rectifia-t-il. Vous étiez jolie au déjeuner d'aujourd'hui, jolie et adorable, mais ce soir vous me coupez le souffle!

Dacia ne savait trop que répondre à ce genre de discours, et en même temps, une sensation de chaleur joyeuse l'envahissait. Il était délicieux d'entendre un homme lui faire ces compliments extravagants d'une voix basse et profonde, et aussi d'être assise à côté d'un comte dans une voiture de luxe et de s'en aller dîner en sa compagnie dans la grande ville inconnue.

La voiture, obligée de ralentir, était presque arrêtée. Bimbo retira sa main droite du volant et la tendit à la jeune fille.

– Donnez-moi votre main, dit-il.

Un peu surprise, Dacia hésita un instant, puis mit légèrement ses doigts dans ceux du jeune homme. Il les referma dans sa main, puis les porta à ses lèvres et les embrassa un à un.

– Je suis en train de tomber amoureux de vous, dit-il. Vous vous en doutez, je suppose?

Dacia tenta de dégager sa main, mais ne put y réussir.

– On ne tombe pas amoureux de quelqu'un qu'on ne connaît que depuis quelques heures, dit-elle.

– Là n'est pas la question. Je suis amoureux de vous. Ne croyez-vous pas au coup de foudre?

– C'est une chose qui arrive, bien sûr, mais très rarement, répondit la jeune fille qui ressentait une étrange impression due à ces baisers qui parcouraient ses doigts.

– Eh bien, cette chose, il vous faut apprendre à la connaître.

Il lâcha sa main, car la circulation reprenait. Dacia s'écarta un peu de Bimbo : son impétuosité l'effrayait et, pourtant, elle était fascinée. Il vit son geste, mais ne fit aucune remarque.

Il arrêta la voiture devant une porte brillamment éclairée. Un chasseur en uniforme bleu et argent vint leur ouvrir la portière et, quand il vit le comte, il retira sa casquette.

– Bonsoir, Votre Excellence! dit-il.

– Garez la voiture pour moi, lui commanda le jeune homme.

Puis, glissant sa main sous le coude de Dacia, il la fit entrer dans le restaurant.

La grande salle était décorée d'une manière somptueuse par des glaces disposées devant des peintures murales qui donnaient aux convives l'illusion de se trouver au fond de la mer. De vrais poissons nageaient dans un immense aquarium éclairé par des lumières de couleur et, sur chaque table, il y avait un minuscule aquarium en guise de surtout.

Dacia et son compagnon furent conduits à une table placée sur une sorte de petite estrade et presque invisible du reste de la salle. Là, ils pouvaient voir sans être vus et la jeune fille, après un regard circulaire, vit qu'il y avait seulement quatre de ces alcôves dans la salle : on devait les réserver aux clients de marque.

Un maître d'hôtel obséquieux et plusieurs serveurs accoururent pour prendre la commande du comte.

– Que voulez-vous? demanda ce dernier à Dacia.

– Choisissez, je vous en prie, dit-elle. J'ai très peu d'expérience en ce genre de chose.

Il commanda un repas qui parut beaucoup trop abondant à la jeune fille, mais elle n'avait pas envie de discuter. Les serveurs disparurent et Bimbo, la tête appuyée sur sa main, contempla son invitée.

– Vous me rappelez quelque chose, dit-il. Quelque chose ou quelqu'un. Je voudrais bien m'en souvenir.

– Je n'aime pas beaucoup ce « quelque chose », dit Dacia en riant. Cela peut aussi bien être l'un de ces poissons ou un animal du zoo!

Le comte fit claquer ses doigts.

– J'ai trouvé! Cela m'a tracassé depuis le déjeuner. Vous ressemblez à Simonetta Vespucci : les mêmes yeux, le même port de tête...

– Qui est Simonetta Vespucci? J'aimerais savoir.

– C'était le modèle de Botticelli et on la disait, à cette époque, la plus jolie fille de Florence.

– Est-ce que je lui ressemble vraiment? interrogea Dacia. Elle devait être italienne et avait sans doute des cheveux noirs?

– Non, elle était blonde. Peut-être pas tout à fait, mais ses cheveux avaient des reflets dorés, comme les vôtres, et ses yeux étaient ingénus, et sa bouche arquée invitait au baiser.

Dacia baissa les yeux.

– Vous vous moquez de moi, dit-elle.

– Je vous jure que chacun des mots que je prononce est la vérité et vient du plus profond de mon cœur, répondit le jeune homme. Regardez-moi, Dacia, et dites-moi si je mens!

Elle leva les yeux vers lui et il lui sembla que son regard sombre et hardi reflétait, en effet, la franchise.

– Ne parlons plus de moi, dit-elle, précipitamment. Parlons plutôt de vous. Que faites-vous dans la vie?

Le comte haussa les épaules.

– Ce que je fais? Je suis toujours très occupé, j'ai d'innombrables rendez-vous, mais si vous voulez dire que je travaille de 9 heures du matin à 6 heures du soir et que je porte un chapeau melon, alors non, je ne fais rien.

La jeune fille rit.

– Evidemment, vous pouvez ne pas travailler. La

plupart des gens travaillent pour gagner l'argent dont ils ont besoin.

– Comme vous avez l'air sérieux! remarqua Bimbo. Votre visage est peut-être encore plus charmant quand vous êtes sérieuse que quand vous riez. Je ne sais comment je vous préfère... Je sais seulement que vous avez la plus délicieuse petite figure que j'aie jamais regardée et désiré caresser de mes lèvres.

Dacia se sentit rougir.

– Je vous défends de me dire des choses pareilles! dit-elle sévèrement.

– Pourquoi?

– Parce que je ne sais pas comment y répondre.

– Pourquoi voulez-vous répondre? Donnez-moi seulement une main. Personne ne le verra et, de toute façon, quand on est jeune et amoureux, on a la permission de se tenir les mains sous la table!

Dacia garda ses mains fermement sur la table devant elle et elle allait demander au jeune homme de mieux se tenir quand on versa le champagne dans les coupes.

– J'ai entendu dire que les plans de sir Marcus ont été changés, remarqua soudain Bimbo.

– Oui. Il a dû être bien ennuyé.

– Naturellement! Il vous en a parlé?

Dacia hésita un court instant et, au moment où elle allait répondre la vérité, elle changea d'avis. Pourquoi avouerait-elle à un étranger que sir Marcus ne lui avait fait aucune confidence et ne lui avait pas dit un mot de ce que tout Rome savait?

Avec un soupir, elle éluda la question.

– Cela doit être très désagréable, non seulement pour lui, mais pour tous les autres.

– A mon avis, c'est exactement ce qu'on voulait, répliqua le jeune homme. Bien sûr, je ne connais rien à ce genre de choses, mais il me semble que si quelqu'un était décidé à décrocher un marché, il serait habile de laisser quelque temps le vendeur sur des charbons ardents. Allons, venez danser.

Plusieurs couples évoluaient déjà sur la piste au son d'un orchestre qui jouait une musique troublante.

– Je... je ne crois pas que... je danse assez bien, balbutia la jeune fille qui mourait cependant d'envie d'accepter.

– Essayons.

Bimbo lui prit la main pour l'aider à se lever de sa chaise et, sans la lâcher, la conduisit sur la piste de danse; puis il libéra ses doigts pour passer son bras autour de sa taille.

Il la serra tout contre lui. Dacia se sentit vibrer de cette même émotion délicieuse qu'elle avait éprouvée en retrouvant le jeune homme dans le hall de l'hôtel.

– Vous êtes si légère, si douce!

Le rythme de la musique électrisait la jeune fille; il lui semblait qu'elle aurait pu danser éternellement dans les bras du jeune Italien. Elle sentait sa joue contre la sienne et n'aurait pu s'éloigner même si elle l'avait voulu.

Jamais elle n'avait été si près d'aucun homme, jamais encore elle n'avait connu le plaisir de danser si parfaitement à l'unisson avec un partenaire. Ils dansèrent longtemps en silence.

– Je vous adore! Vous me rendez fou! murmura soudain le comte. Allons-nous-en. Je vais vous emmener voir le Panthéon au clair de lune.

Dacia était prête à applaudir à n'importe quelle

suggestion. Ils retournèrent à leur table, mais seulement pour qu'elle reprît son écharpe. Le jeune homme jeta une énorme somme d'argent sur la table, puis ils se dirigèrent vers la porte.

Ils montèrent dans la voiture et le comte s'éloigna du centre de la ville en passant par des voies moins encombrées. Il ralentit et la jeune fille vit le Panthéon en contrebas, inondé de lumière lunaire, ses ruines toutes blanches sur le bleu sombre du ciel.

– C'est splendide! dit-elle.

Elle n'ajouta rien, car les bras de son compagnon s'étaient refermés autour d'elle et il la serrait contre lui.

– Non! Non! souffla-t-elle, essayant de le repousser d'un geste effrayé.

– Ma chérie, je vous aime! dit-il. Vous êtes si jolie, si pure, si confiante! Je vous aime. Vous me croyez, n'est-ce pas, Dacia?

– Non! Je... je ne... devrais pas... vous écouter! murmura-t-elle. Je... ne veux pas vous... écouter!

– Mais si, il faut que vous m'écoutiez au contraire. Depuis le premier instant où je vous ai vue j'ai su que vous étiez à moi depuis toujours, que vous étiez celle que je voulais aimer, celle que je voulais embrasser.

Sa voix trembla sur le dernier mot et, comprenant brusquement ce qu'il allait faire, elle tenta de tourner la tête; mais il était trop tard : la bouche du jeune homme était déjà sur la sienne, la tenant prisonnière. La chaleur et la force de ses lèvres semblaient l'hypnotiser, de sorte qu'elle était incapable de bouger.

Son premier baiser. A peine avait-elle conscience de ce qui lui arrivait.

– Vous êtes merveilleuse!

Elle était libre. Il la regardait. La tête de Dacia était appuyée contre son épaule, son visage levé vers lui.

– Je vous en prie... je vous en prie!

Ses mains se levaient en un geste suppliant et il desserra légèrement son étreinte, mais sans la lâcher tout à fait.

– Est-ce la première fois qu'on vous embrasse?

Il posait la question avec une soudaine douceur.

Dacia hocha la tête. Elle était incapable de parler.

Il écarta ses mains et elle tourna la tête pour regarder la vue à leurs pieds. Et, à l'arrière, elle aperçut soudain les piliers et les corniches d'un autre bâtiment, massif et arrondi, gigantesque sous les rayons de la lune : le Colisée.

D'un seul coup, Dacia se rappela sir Marcus, l'heure et sa promesse de rentrer à l'hôtel vers minuit.

– Quelle heure est-il?

Elle entendit le son de sa voix, nerveux et presque sec, très différent des murmures de l'instant précédent.

– L'heure? répéta Bimbo. Qu'importe l'heure? Nous avons la nuit devant nous.

– Non, dit Dacia, j'ai promis de rentrer vers minuit. Sir Marcus m'a recommandé d'être de retour à ce moment-là.

– Au diable sir Marcus! s'exclama le comte. N'y pensez plus!

– C'est impossible. Quelle heure est-il? Je vous en prie, dites-le-moi.

Le jeune homme se pencha et alluma une lumière sur le tableau de bord de la voiture.

– Il est minuit cinq, dit-il.

Dacia poussa un petit cri.

– Ramenez-moi vite, s'il vous plaît! Vite! Aussi vite que vous pourrez!

– Est-ce sérieux? demanda Bimbo, en levant les sourcils.

– Mais bien sûr! Vous ne comprenez pas : je suis au service de sir Marcus. Il m'a donné un ordre et, sous aucun prétexte, je ne peux lui désobéir. Je vous en prie, ramenez-moi à l'hôtel aussi vite que vous le pourrez.

– Laissez-moi vous embrasser une fois encore, supplia le jeune homme.

Dacia secoua la tête.

– Non, non! Je n'aurais pas dû vous laisser faire la première fois. La soirée a été merveilleuse, mais elle est finie maintenant et je dois rentrer.

Le ton de sa voix indiquait son anxiété plus encore que ses paroles; le comte mit le moteur en route et fit démarrer la voiture. Dacia retenait sa respiration : le jeune homme conduisait admirablement, il fallait le reconnaître, mais à chaque instant sa passagère retenait un cri et, plus d'une fois, elle ferma les yeux, persuadée qu'elle allait s'écraser contre une autre voiture.

Il n'était que minuit et quart quand la voiture s'arrêta devant l'hôtel. La jeune fille s'enveloppa dans son écharpe.

– Merci, dit-elle, merci beaucoup plus que je ne sais vous le dire, de cette inoubliable soirée. Pardonnez-moi si j'ai été obligée de l'écourter.

– Je comprends, répondit le comte en souriant.

Il sauta de la voiture et alla lui ouvrir la portière. Comme elle descendait, il prit ses deux mains et les porta à ses lèvres.

– Je vous aime! dit-il, rappelez-vous cela, n'est-ce pas? Je vous téléphonerai demain matin.

– Bonne nuit! dit-elle tout bas.

Elle lui arracha ses mains et courut à la porte. Le liftier attendait pour la conduire en haut.

– Sir Marcus Cunningham est-il rentré? demanda-t-elle.

– Oui, il est revenu, il y a une demi-heure.

Dacia se sentit pleine d'appréhension.

Elle se hâta le long du couloir et, un instant, elle hésita : sir Marcus serait-il dans sa chambre ou dans son salon? Elle décida de commencer par le salon.

Elle ouvrit la porte. Les lampes étaient allumées et, comme elle s'y attendait, sir Marcus était assis dans son fauteuil, sa jambe blessée étendue sur un tabouret devant lui, un journal entre les mains. Il leva les yeux comme elle entrait et, pendant quelques secondes, il ne dit rien. Elle ne pensait plus à sa transformation mais, brusquement, elle se rappela qu'il devait être étonné de ne pas la voir en uniforme.

– Je suis désolée d'être en retard, dit-elle. J'ai... j'ai été retenue.

Sir Marcus ne parlait toujours pas et, s'avançant, elle dit avec un peu de nervosité :

– Ma robe doit vous surprendre... Ce fut une surprise pour moi aussi; elle m'a été envoyée ce soir et je pense que c'est un cadeau de la marchesa di Malacredini.

Les sourcils de l'Anglais se relevèrent.

– La marchesa?

– Oui. Personne d'autre ne peut m'avoir fait envoyer cela. Quand elle m'a emmenée dans sa voiture, je lui ai raconté que je n'avais que mon uniforme à me mettre et que je ne pouvais pas aller danser. Et cette robe m'a été livrée, elle m'allait parfaitement et j'ai pu la porter ce soir!

– Je vois, dit sir Marcus brièvement.

– Je suis désolée de rentrer si tard, répéta la jeune fille, mais le dîner a pris du temps. Et ensuite le comte m'a emmenée voir le Panthéon au clair de lune.

Elle vit les lèvres de sir Marcus se crisper.

– Comme c'est banal! remarqua-t-il. J'aurais cru que le comte imaginerait autre chose.

– Voulez-vous que je fasse le pansement de votre jambe? demanda Dacia. Je pensais vous trouver couché. Vous devez avoir très mal.

– Cela ne va pas très bien avec votre belle robe!

– Non, ne gâchez pas tout!

Dacia fut stupéfaite de ses propres paroles.

– Que voulez-vous dire? demanda sir Marcus.

Tout à coup elle n'avait plus peur de lui. Elle se retrouvait, comme pendant toute cette soirée, dans une sorte de rêve.

– Ne gâchez pas cette soirée en étant désagréable et de mauvaise humeur, dit-elle. Tout a été si merveilleux! Une nuit enchantée, c'est ce qu'a dit le comte, et c'est bien vrai. Je n'avais jamais vu de restaurant comme celui où nous avons dîné, je n'avais jamais dansé dans un endroit aussi élégant.

Elle poussa un petit soupir.

– Maintenant c'est terminé, reprit-elle. Je suis Cendrillon, de retour dans la vie réelle. Et, comme Cendrillon, je rentre un peu en retard. Mais à présent je veux me rappeler tout cela, le clair de lune sur le Panthéon, les étoiles dans le ciel. Jamais je n'oublierai.

– Vous a-t-il embrassée?

La question la surprit comme un coup de pistolet. La voix de sir Marcus sembla réveiller Dacia, la tirer de son rêve. Elle soutint le regard qui épiait son visage. Prisonnière de ces yeux perçants, elle ne pouvait en détourner les siens.

– L'a-t-il fait?

Elle avait l'impression de se trouver devant un juge : la seule réponse qu'elle puisse donner était la vérité.

– Oui, murmura-t-elle. Je... je ne comprends pas pourquoi vous me posez cette question, dit-elle d'une voix un peu haletante.

Elle se détourna, alla à la fenêtre et tira le rideau. La fenêtre donnait sur des toits. Les étoiles brillaient, comme elles avaient brillé sur le Panthéon et le Colisée. La ville n'était que lumières.

– Vous n'avez pas le droit de m'interroger ainsi, dit encore la jeune fille.

Il est méchant et cruel! se dit-elle et, avec une colère soudaine, elle se retourna pour le lui dire. Mais les mots qu'elle allait prononcer se figèrent sur ses lèvres.

Le salon était vide. Sir Marcus avait disparu.

8

Dacia se tourna et se retourna dans son lit jusqu'aux premières lueurs de l'aube. Elle se leva alors et tira les rideaux. Les étoiles avaient disparu et, à leur place, une teinte dorée éclairait le ciel. Une nouvelle journée commençait.

La jeune fille s'habilla vivement et ouvrit la porte

qui donnait sur le couloir. Elle n'appela pas l'ascenseur, mais descendit l'escalier en courant. Dehors, il y avait du vent, mais il faisait tiède et il lui sembla qu'elle respirait le parfum des mimosas venu, pardessus les montagnes, des jardins du sud.

Elle ne savait trop où aller, mais elle avait envie de marcher. Aussi, au lieu de tourner à gauche en sortant de l'hôtel comme elle le faisait d'habitude, elle prit une rue à droite et monta de calmes avenues en pente entre des maisons aux volets encore fermés.

Il faisait encore sombre dans les coins où des chats faméliques fouillaient dans les poubelles. Peu à peu, la lumière s'accentua. Enfin, elle se trouva très haut, au-dessus de la ville, dans un parc planté de cyprès et traversé par de larges allées.

Elle atteignit tout à coup une balustrade devant laquelle se dressait une rangée de statues finement sculptées dans le marbre. Elle les contempla quelques minutes, puis elle s'aperçut que de l'autre côté de la balustrade, on avait sur Rome une vue admirable.

On voyait le Tibre dérouler ses méandres sous une douzaine de ponts; les tours et les flèches de cent églises s'élançaient vers le ciel. Devant tant de beauté, la jeune fille retint son souffle, puis lentement reprit le chemin de l'hôtel. Elle se trouvait dans un quartier résidentiel.

Il y avait de nombreuses voitures stationnées le long des trottoirs et, comme elle passait devant l'un des « palazzi » aux balcons ciselés et aux portes sculptées, elle devina qu'une réception s'y déroulait encore. On entendait les échos d'un orchestre et les fenêtres étaient éclairées de lumières qui pâlissaient quelque peu, face au soleil levant. Des gens commencèrent à sortir et à monter dans les voitures.

Elle vit un couple apparaître à la porte et qui discutait avec animation. Soudain, comme s'ils oubliaient tout le reste, l'homme et la femme se jetèrent dans les bras l'un de l'autre.

Ils s'aiment! songea Dacia, toute émue. Ils s'aiment tant qu'ils ne peuvent pas attendre d'avoir retrouvé leur voiture pour s'embrasser.

A présent, il n'y avait plus personne pour les déranger. Elle était seule avec eux dans la rue, elle, une étrangère.

Dacia, instinctivement, fit un pas en avant, ce qui l'amena tout près de la grille du « palazzo ». A cet instant, le couple enlacé se sépara et s'avança vivement dans sa direction de sorte que la jeune fille se trouva face à face avec ceux qu'elle surveillait depuis un bon moment.

Elle sursauta tandis que la femme en robe décolletée poussait une exclamation. Elles s'étaient reconnues en même temps. Dacia se trouvait devant lady Sybil.

Dacia se demanda ce qu'elle devait faire, s'arrêter ou s'éloigner. Mais avant qu'elle ait pris une décision, lady Sybil lui parla.

– Que faites-vous ici? demanda-t-elle. Vous m'espionnez?

Sa voix était furieuse et ses yeux jetaient des éclairs.

– Je... je me promenais... balbutia Dacia.

– Vous me guettiez! Vous m'espionnez! répéta lady Sybil.

– Que se passe-t-il? demanda l'homme.

– Ne vous mêlez pas de ça, Dario, dit la belle Anglaise avec rage.

Dacia devina qu'il était italien, mais elle n'osa pas le regarder. Ses yeux demeurèrent fixés sur le visage ravissant, défiguré par la colère.

– Je vous assure que je ne pensais pas à vous, dit-elle avec calme. Je ne pouvais pas dormir et je suis allée faire une promenade matinale.

Lady Sybil s'avança et mit une main sur le bras de la jeune fille.

– Promettez-moi que vous ne direz pas que vous m'avez vue ici. Promettez-le. Il le faut.

Dacia hésita. Elle ne voyait aucune raison d'accorder cette promesse. Elle ne connaissait guère lady Sybil, elle ne l'aimait pas, et de plus il y avait quelque chose dans la violence de sa requête qui la mettait mal à l'aise.

– Je n'ai pas l'habitude de faire des ragots sur les uns ou sur les autres, dit-elle lentement. Restons-en là.

Elle tenta de s'éloigner. Lady Sybil essaya de la retenir.

– Attendez! Ecoutez-moi! cria-t-elle.

Mais Dacia pressa le pas et descendit précipitamment la rue sans se retourner. Mais elle sentait que le regard de lady Sybil la suivait.

Elle marchait si vite dans son énervement qu'elle fut devant l'hôtel sans presque s'en apercevoir. Elle monta en courant, se déshabilla et prit un bain; puis elle revêtit son uniforme et se coiffa. Elle agissait automatiquement. Sans cesse son esprit revenait à la scène qu'elle avait surprise, le souple corps de lady Sybil serré passionnément par un homme, et sa voix furieuse qui criait : « Promettez! Promettez que vous ne direz pas que vous m'avez vue ici! »

On frappa à la porte.

– Le petit déjeuner est servi, signorina, dit le valet de chambre.

Dacia se rendit dans le salon de sir Marcus et trouva celui-ci assis à la table.

– Bonjour... dit-elle timidement de la porte.

Sans même lever la tête au-dessus des lettres qu'il lisait, il murmura distraitement :

– Bonjour, Dacia.

Elle s'approcha de la table.

– Mon Dieu! vous êtes prêt! s'exclama-t-elle. Et votre jambe n'a pas été pansée!

– Vous vous en occuperez quand nous aurons déjeuné, dit-il. J'ai mal dormi et j'ai sonné Robert de bonne heure. Je pensais que vous dormiez encore.

Elle s'assit et se versa du café. Elle n'avait pas faim.

Sir Marcus paraissait absorbé dans son courrier. Après quelque temps, il leva la tête.

– J'ai réfléchi, dit-il brusquement, d'une voix qui la fit sursauter. Il vaudra mieux pour vous dorénavant ne plus vous mettre en uniforme. Je veux vous emmener déjeuner aujourd'hui et je ne veux pas avoir l'air de traîner partout mon infirmière : les gens me croiraient malade ou mentalement déficient.

– C'est que... je n'ai pas d'autres vêtements, dit la jeune fille. Peut-être vaudrait-il mieux me laisser à l'hôtel?

– Vous pouvez vous procurer de quoi vous habiller, je suppose? Vous n'étiez pas en uniforme cette nuit!

– Non, mais c'était différent. Ainsi que je vous l'ai expliqué, je crois que la marchesa m'a fait cadeau de cette robe. A part cela, je n'ai que mon uniforme. Je ne pensais pas avoir besoin d'autre chose.

– Eh bien, allez acheter ce qu'il vous faut. Nous déjeunons ensemble.

– Cela signifie-t-il qu'il n'y aura pas de conférence aujourd'hui? Savez-vous si ces gens viennent ou non? demanda la jeune fille.

Sir Marcus lui jeta un regard aigu par-dessus la table.

– Qui vous a mise au courant?

Elle se rappela combien elle avait été vexée, la veille, par son silence.

– Je ne sais que ce que j'ai entendu dire. Tout Rome parle de cette histoire.

– Je ne vous ai rien dit volontairement, déclara sir Marcus. Cela vous facilite les choses quand vous devez répondre à des gens comme von Blonfeld. Vous ne pouvez pas parler de ce que vous ignorez.

Il se leva et alla à son bureau.

– Voilà cinquante mille lires, dit-il. Achetez les vêtements que vous voulez et, si vous dépensez davantage, faites-moi envoyer les factures.

A son tour, Dacia se leva.

– J'ai bien assez d'argent, merci, dit-elle. Vous m'en avez donné à notre arrivée ici et je paierai mes achats avec cela.

– Pas du tout, déclara sir Marcus. C'est moi qui exige que vous changiez de tenue et c'est à moi de payer ce caprice.

– Je paierai mes vêtements moi-même, dit Dacia. Vous pouvez m'imposer votre volonté sur beaucoup de points, mais pas en ce qui concerne mes robes. Je suis certaine que, même dans votre milieu, il n'est pas convenable qu'un homme achète des vêtements à une femme, même si elle est son employée.

– D'accord! Vous avez raison! gronda sir Marcus en s'asseyant brusquement à son bureau. Mais pourquoi faut-il que nous nous disputions toujours? Pourquoi, Dacia?

– Je ne sais pas... sauf peut-être parce que vous êtes l'homme le plus entêté que j'aie jamais rencontré!

– Le suis-je vraiment?

Un instant, elle eut l'impression ridicule qu'il était un petit garçon mélancolique, qui menait un combat solitaire et jetait un défi au monde entier et à tous ses habitants.

– Je suis censée vous soigner, dit-elle, et je devrais m'incliner sans cesse devant votre volonté et faire tout ce que vous voulez. Mais vous voulez des choses tellement absurdes! Je ne peux pas m'empêcher de vous répondre! Maintenant, je vous en prie, laissez-moi m'occuper de cette jambe et, ensuite, j'irai m'acheter des robes qui ne vous feront pas honte.

Quand elle eut achevé de bander la jambe blessée, elle se leva.

– Puis-je m'en aller, maintenant? Cela me prendra peut-être du temps pour les choisir...

– « ... A un prix raisonnable », voilà la fin de la phrase. Vous êtes toujours décidée à ne pas me laisser payer?

– Toujours décidée.

Il regarda sa montre.

– Je vous donne deux heures, dit-il. Si vous n'êtes pas revenue à ce moment-là, je passe une commande dans la boutique la plus chère de Rome.

– Je me dépêcherai autant que je le pourrai, dit Dacia.

Elle alla dans sa chambre, mit son argent dans

son sac à main et partit. Elle appela l'ascenseur.

– Y a-t-il un endroit où je pourrais trouver une jolie robe bon marché? demanda-t-elle au liftier.

– Quelque chose de pas cher? Eh bien! ma fille va toujours au magasin Pietro Bombini. Vous le trouverez dans la via Napoli. C'est le meilleur magasin de la ville. Demandez ma nièce, Lucia Giobondi, elle est vendeuse au rayon des robes de dames au deuxième étage. Dites-lui que je vous envoie et elle s'occupera de vous.

Lucia, la nièce du liftier, fut enchantée de servir Dacia. Volubile et amicale, elle aurait été ravie de voir la jeune fille essayer toutes les robes de son rayon.

Finalement, Dacia se décida pour une robe de lainage fin qui semblait extraordinairement bon marché à la jeune anglaise, avec un manteau un peu plus épais, mais de la même couleur. Lucia obtint une réduction sous prétexte que Dacia était une cliente exceptionnelle.

La robe, d'un vert doux, mettait en valeur la fraîcheur de son teint et le bleu de ses yeux.

Toutes les vendeuses exprimèrent leur satisfaction quand Dacia émergea du salon d'essayage, vêtue de l'ensemble. Lucia lui avait même découvert des escarpins marron à hauts talons.

– La signorima est *bellissima! Molto bellissima!* s'écriait chacune.

Quand elle reparut à l'hôtel, le liftier lui exprima sa joie.

– Je vous avais bien dit que Lucia était très gentille, dit-il. Elle a bien travaillé pour vous, n'est-ce pas? Vous êtes *bellissima,* signorina!

– Merci, dit Dacia.

Elle déposa son carton à la porte de sa chambre

et, prenant son courage à deux mains, entra dans le salon où elle pensait trouver sir Marcus. Il n'était pas à son bureau et elle croyait la pièce vide quand une personne se leva du fauteuil qui se trouvait devant la fenêtre.

– Je vous attendais, miss Vancroft, dit une voix.

Dacia reconnut immédiatement lady Sybil.

– Oh!

L'exclamation avait échappé à la jeune fille. Lentement, elle entra dans la pièce en refermant la porte derrière elle.

– Je suis venue voir sir Marcus, dit lady Sybil. Il m'a dit que vous alliez rentrer et qu'il viendrait vous chercher à midi. Il avait un important rendez-vous dans l'intervalle.

– Je comprends.

– J'ai attendu, reprit la jeune femme, parce que je voulais vous parler, miss Vancroft.

– A propos de quoi?

Malgré les efforts que faisait lady Sybil pour paraître aimable et même charmante, Dacia la sentait pleine de méfiance et de hargne et, pour elle, tout lui déplaisait dans cette jolie femme, depuis son beau visage jusqu'à son élégance trop voyante.

– Miss Vancroft, je voudrais être votre amie, susurra lady Sybil.

– Nous vivons dans des mondes très différents, vous et moi, lady Sybil, répondit la jeune fille. Nous n'avons rien en commun.

– Au contraire, nous avons en commun une chose très importante.

– Vraiment? Laquelle?

– Sir Marcus.

Dacia garda le silence et, après un instant, lady Sybil poursuivit :

– Je serai franche avec vous, miss Vancroft. J'aime sir Marcus et nous allons nous marier. Je ne voudrais pas que quelque chose lui fasse de la peine.

– Quand je serai amoureuse, dit Dacia, j'espère que je n'estimerai pas nécessaire d'embrasser d'autres hommes, même avec les meilleures raisons du monde. Mais je n'ai aucune envie et aucun motif de faire de la peine à sir Marcus, vous pouvez m'en croire.

– Alors, promettez-moi que vous ne direz rien!

– Je ne vois aucune raison pour faire des promesses absurdes dans un sens ou dans l'autre, dit froidement Dacia.

Elle se tourna vers la porte, mais, déjà, lady Sybil s'était vivement approchée d'elle.

– Ecoutez! dit-elle. Cela ne suffit pas. Vous me cachez quelque chose! Pourquoi refusez-vous de promettre?

– Je n'ai aucun motif de vous donner cette promesse, sinon que j'estime être digne de confiance.

– Vous manquez totalement de franchise! s'exclama lady Sybil.

– Je suis franche, dit Dacia. Et vous?

Lady Sybil tapa du pied.

– Comment osez-vous me parler sur ce ton? cria-t-elle. Insolente petite sotte! J'ai entendu dire que vous êtes sortie avec le comte Bernini, hier soir, mais ce n'est pas à moi que vous jetterez de la poudre aux yeux! Je sais exactement de quel genre de milieu vous sortez! Je suis anglaise comme vous! Vous ne pouvez pas m'en faire accroire!

– Oui, vous êtes anglaise aussi, répondit lentement la jeune fille. Je ne peux pas dire que j'en sois particulièrement fière.

Elle sortit de la pièce en achevant sa phrase. Elle avait l'intention de fermer la porte doucement derrière elle, mais il se trouva que la porte claqua assez fort. Elle tremblait et, se hâtant dans le couloir, elle entra précipitamment dans sa chambre et en referma très vite la porte.

Elle tomba assise sur son lit; elle haletait, son cœur battait à se rompre et elle avait la bouche sèche.

Jamais elle n'aurait cru qu'il puisse y avoir de telles femmes de par le monde. Jamais non plus elle n'aurait imaginé éprouver autant d'antipathie et de ressentiment envers quelqu'un.

Et sir Marcus allait épouser cette femme! Comment pouvait-il? Comment pouvait-il faire une chose pareille?

9

Dacia sursauta : on frappait à sa porte. Elle bondit sur ses pieds. C'était ridicule, mais elle avait peur. Tous ses nerfs vibraient.

– Entrez!

C'était Robert.

– Sir Marcus a téléphoné, mademoiselle. Il m'a prié de vous dire que, finalement, il ne peut pas rentrer pour déjeuner. Il a l'air très occupé. Peut-être que les choses bougent enfin.

– Peut-être, en effet, dit Dacia distraitement.

Elle ne savait si elle était soulagée ou désolée de

ne pas aller déjeuner avec sir Marcus. Pour le moment, ses pensées demeuraient incohérentes et elle ne pouvait, en esprit, le séparer de lady Sybil.

– Il y a un autre message pour vous, reprit Robert. Du comte Bernini Camparno. Je crois que c'est ça le nom. En tout cas, c'est celui qui vous a envoyé les fleurs.

– Les fleurs? répéta Dacia.

Son regard fit le tour de la chambre et s'arrêta sur la table : il y avait là quelque chose qu'elle n'avait pas vu en entrant.

C'était une corbeille dorée garnie de toutes les fleurs de printemps, tulipes, narcisses, anémones et quelques tiges de mimosa aussi doré que le soleil.

– Oh! Que c'est joli! s'exclama-t-elle.

Elle prit la petite enveloppe qui était attachée à la corbeille et l'ouvrit. A l'intérieur, une carte portait le nom de Bimbo et une phrase écrite d'une écriture ronde, assez enfantine :

« Au premier baiser du printemps. »

Dacia chiffonna la carte entre ses doigts.

– Ces fleurs sont très belles, dit-elle. Mais, comme j'avais justement l'intention d'en envoyer à la marchesa di Malacredini, croyez-vous, Robert, que vous pourriez les lui faire porter? Je pense que tout le monde à l'hôtel saura où elle habite.

– Bien sûr, mademoiselle, c'est très facile. Mais c'est dommage de vous en priver!

Sur la table, Dacia prit une carte de l'hôtel et y écrivit ces mots :

« Une infirmière reconnaissante. »

Elle glissa la carte dans une enveloppe qu'elle fixa à la place de l'autre et mit la corbeille dans les mains du valet de chambre.

– Je vous en prie, faites-la porter tout de suite.

Robert venait tout juste de quitter la chambre quand le téléphone sonna.

– Dacia?

Elle reconnut la voix et le léger accent qui modifiait un peu son nom. Elle répondit aussitôt :

– Merci beaucoup pour les fleurs. C'est tellement gentil à vous de les avoir envoyées...

– Je veux vous voir, dit le comte. Pouvez-vous déjeuner avec moi?

– Il se trouve que je peux, répondit la jeune fille. Sir Marcus a été retenu inopinément, de sorte que je suis libre.

– C'est formidable. J'ai quelque chose de passionnant à vous faire faire cet après-midi.

– Quoi donc?

– Attendez et vous verrez. Mais vous serez ravie, je vous le promets.

– Ça a l'air engageant, dit-elle gaiement.

– Serez-vous un peu contente de me voir? Oh! Dacia, j'ai pensé à vous toute la nuit!

Dacia aurait pu répondre qu'elle avait fait de même, mais pour une toute autre raison. Au lieu de cela, pour l'empêcher de parler davantage, elle demanda vivement :

– A quelle heure vous retrouverai-je pour déjeuner? Et où cela?

– Je viendrai vous chercher à 1 h 30, si cela vous convient.

– C'est parfait. Merci.

Dacia raccrocha l'appareil et se demanda si elle n'aurait pas mieux fait de refuser l'invitation.

Je vais déjeuner avec lui, décida-t-elle, et lui dire clairement qu'il doit se conduire correctement à l'avenir.

Le téléphone sonna de nouveau; cette fois, c'était Tim.

– Je n'ai pas pu vous appeler plus tôt, dit-il. Je l'aurais voulu, pourtant. Les événements se précipitent, et je suis obligé de garder l'oreille collée au sol de peur de manquer un renseignement précieux! Mais je voudrais bien vous voir, Dacia. Comment faire?

– C'est à vous de trouver un moyen, dit-elle. Je serais contente de vous voir, Tim, j'ai tant de choses à vous raconter.

– Venez me rejoindre en ville dans un quart d'heure, dit le jeune homme. Faites-vous conduire en taxi chez Valero, c'est un petit café proche de l'endroit où je suis, piazza Colonna.

– J'y serai dès que possible.

La jeune fille prit son sac et ses gants, enchantée d'avoir un prétexte pour quitter l'hôtel. Elle n'attendit pas longtemps l'autobus et en descendit bientôt, piazza Colonna.

Tim était là et faisait de grands gestes : elle courut à lui, ridiculement joyeuse de le voir. Il y avait quelque chose d'étrangement rassurant dans son large sourire et son air typiquement anglais. Quand il lui prit la main, Dacia eut l'impression qu'elle l'avait toujours connu.

Il la regarda de la tête aux pieds, sans lâcher sa main.

– Je n'étais pas sûr que ce soit vous, je m'attendais à vous voir en uniforme. Vous êtes épatante!

Il ne regardait pas les vêtements, mais son visage, et Dacia, rougissante, lui retira sa main et s'assit à la table.

– Que voulez-vous? demanda Tim.

– Du café si c'est possible.

– *Due cappucini,* dit le journaliste au garçon.

– Vous m'avez manqué, dit-il en tirant une cigarette de son étui. J'étais furieux de ne pas pouvoir sortir avec vous hier soir. Avez-vous passé une bonne soirée avec le jeune Don Juan?

– Nous avons dîné dans un restaurant formidable.

– Ce n'est pas cela qui m'intéresse.

Comme Dacia se taisait, il se pencha et mit sa main sur la sienne.

– Je suis jaloux! dit-il. Je pense que vous vous en doutez?

D'abord, elle crut qu'il plaisantait, mais son regard affirmait qu'il n'en était rien. Il jeta sa cigarette.

– Je crois vraiment, dit Tim avec gravité, si vous voulez que je m'exprime clairement, que je suis tombé amoureux.

– Non, pas vraiment! dit la jeune fille très vite.

Tim hocha la tête.

– Si, vraiment, dit-il. C'est une sensation qui ne m'est pas familière. C'est une chose que j'ai soigneusement évitée depuis que j'ai dix-sept ans, mais je suis trop clairvoyant pour ne pas savoir admettre la vérité quand elle se présente.

– Si c'est vrai, je suis désolée, Tim.

– Pourquoi désolée? Est-ce absolument impossible? Je veux dire, n'ai-je pas la moindre chance?

– Je ne sais pas, dit-elle. Sincèrement, je ne sais pas. Vous me plaisez, Tim, vous m'êtes plus sympathique que tous ceux que j'ai rencontrés depuis très longtemps : mais cela n'est pas aimer.

– Non, mais cela pourrait être, un jour.

Mais elle savait, par une prescience mystérieuse, que l'amour de Tim n'était pas ce qu'elle cherchait, n'était pas ce qu'elle avait toujours secrètement rêvé.

– Ne m'aimez pas! dit-elle impulsivement. Soyons amis, continuons comme nous sommes maintenant.

Il poussa un petit soupir et alluma une autre cigarette.

– Je ne devrais vraiment pas vous parler ainsi, je n'ai pas de quoi me marier. J'ai fait le projet de rester longtemps célibataire, mais vous avez bousculé tout cela. En ce moment, ma seule ambition est de trouver un petit appartement où nous pourrions vivre ensemble. Nous réussirions à joindre les deux bouts, d'une manière ou d'une autre.

– Nous le pourrions si nous nous aimions suffisamment, dit Dacia. Mais c'est une condition indispensable pour nous deux, Tim.

Il hocha la tête.

– Vous avez raison. A propos, un bruit non confirmé affirme que l'on fait un nouvel essai de Zeus aujourd'hui.

– Vraiment! s'exclama Dacia.

– Je pense que vous ne m'en diriez rien si vous le saviez, dit Tim en riant.

– Certainement non, mais il se trouve que je ne sais rien. Sir Marcus ne me parle jamais de Zeus.

– Eh bien! il a joliment raison. Voyez comme Blonfeld a essayé de vous arracher des renseignements! Tous les autres en feraient autant s'ils pensaient pouvoir le faire. Un vrai ramassis de gangsters!

Il paya le garçon et jeta une pièce de monnaie sur la table.

– Dacia, il faut que je parte. Essayez de m'aimer

un tout petit peu! J'ai un horrible trou douloureux à l'endroit où se trouvait mon cœur!

– Oh! Tim!

Dacia, spontanément, lui tendit la main. Elle ne savait que lui dire.

Il s'en fut à grandes enjambées dans la rue, dans la direction opposée à celle que Dacia avait prise pour venir. Lentement, elle retourna vers la piazza et reprit l'autobus.

Il faisait chaud et, quand elle rentra dans sa chambre, elle se rafraîchit le visage, les mains, et se recoiffa.

Le standardiste lui annonça bientôt que le comte Bernini Camparno l'attendait en bas. Il était bien difficile de ne pas être joyeuse en voyant s'éclairer le visage de Bimbo à sa vue : il lui prit la main et la porta à ses lèvres.

– Vous êtes encore plus adorable que je ne me le rappelais! dit-il. Je suis en avance, mais j'avais des ailes aux pieds! Je n'ai pas pu attendre jusqu'à l'heure prévue. Vous comprenez ce que je ressens, n'est-ce pas?

Dacia ne répondit rien et le comte, du reste, ne lui laissa pas le temps de parler. Il continua à discourir allègrement, lui faisait mille compliments, la courtisant de son inimitable manière jusqu'à ce qu'ils se soient éloignés de l'hôtel.

– Il fait un temps magnifique, dit-il. Je vais vous emmener dans les jardins de la villa Borghèse, à un endroit où nous pourrons déjeuner dehors : tout Rome sera à vos pieds et je vous l'offrirai avec mon cœur!

La voiture montait une rue en pente, et Dacia reconnut le chemin qu'elle-même avait pris très tôt ce matin-là.

Le soleil brillait, et ils trouvèrent des parasols aux couleurs vives au-dessus des tables pour ceux que la chaleur incommodait.

Il fit appeler le maître d'hôtel et commanda le menu.

– Et maintenant, laissez-moi vous regarder, dit le comte quand, de nouveau, ils furent seuls. (Il la dévisagea.) Hier soir, je pensais que vous ne pouviez pas être plus jolie, dit-il. Mais aujourd'hui, pourtant, vous êtes plus ravissante encore. Simonetta Vespucci a peut-être conquis Florence, mais pour moi nulle n'est plus exquise que Dacia Vancroft.

– Si je reste encore un peu de temps à Rome, dit Dacia, j'ai peur que vous ne finissiez par me faire tourner la tête!

– Rester à Rome? Vous ne voulez pas dire que vous partez?

– Je partirai probablement bientôt, répondit la jeune fille, d'un ton détaché.

Si elle espérait empêcher Bimbo de lui parler d'amour, elle avait choisi un mauvais moyen. Il joignit les mains et se lança dans une déclaration enflammée qu'il était assez difficile d'écouter sans réaction.

– Je vous aime, Dacia, ne vous rendez-vous pas compte de cela? Depuis le premier instant où je vous ai vue, j'ai senti l'amour me frapper comme l'éclair! C'était comme une épée entrant dans mon cœur!

Il lui baisa les mains et poursuivit :

– Je vous aime! J'aime vos yeux, vos lèvres, les deux petites fossettes de vos joues quand vous souriez; j'aime la façon dont vos cheveux frisent, vos mains, vos chères petites mains!

De nouveau, il embrassait ses doigts en parlant, et

Dacia regarda autour d'elle avec anxiété, se demandant ce que pouvaient penser les gens aux autres tables, mais, apparemment, personne ne s'intéressait à eux.

– Vous ne pouvez pas me quitter, reprit le comte. Vous ne pouvez pas vous en aller quand nous sommes si heureux ensemble. N'étiez-vous pas heureuse avec moi, hier soir? N'avez-vous pas trouvé le monde magnifique justement parce que vous étiez dans mes bras?

– Je vous en prie, murmura Dacia, je vous en prie, taisez-vous.

Elle tirait ses mains pour les lui arracher, mais il les retenait avec force et une nouvelle explosion passionnée ne fut arrêtée que par l'arrivée du serveur qui apportait le premier plat : des langoustines à la sauce hollandaise.

– Qu'allez-vous donc me faire voir, cet après-midi? demanda la jeune fille, essayant de parler d'un ton naturel, dans l'espoir d'empêcher Bimbo de poursuivre ses fougueux discours.

– Ah! c'est en effet une chose dont je voulais vous parler, dit-il. J'ai la chance, et c'est là le mot exact, car il s'agit effectivement d'une chance extraordinaire, de vous emmener cet après-midi voir Zukocco.

– Qui est-ce?

– Comment? Voulez-vous me dire que vous n'avez jamais entendu son nom! s'exclama le comte.

Dacia secoua la tête.

– Zukocco est une voyante. La plus grande voyante de notre temps!

– Je ne crois guère à ce genre de choses, dit la jeune fille.

– Je lui ai parlé ce matin. Je la connais depuis des années, mais même avec moi, elle n'est pas toujours commode. Je lui ai dit : « Zukocco, je voudrais vous amener une adorable jeune Anglaise. » Savez-vous ce qu'elle m'a répondu? Elle a dit : « les Anglais sont droits et loyaux, ils me plaisent. Amenez-la-moi.»

En entendant les phrases enthousiastes de son compagnon, sa curiosité s'éveillait et elle ne put s'empêcher d'être impressionnée par Zukocco.

Elle était vraiment fantastique. Vieille, bien plus vieille que Dacia ne le pensait, avec des cheveux bleu-noir, évidemment teints, et des yeux noirs immenses, soulignés de khôl. Elle portait une robe noire sortant probablement de chez un grand couturier parisien et, sur sa tête et ses épaules, flottait une écharpe de gaze d'argent qui lui donnait l'air vaguement oriental et très mystérieux, ce qui s'accordait sans doute avec sa réputation.

– Voici donc cette jolie Anglaise dont vous m'avez tant parlé, Bimbo, dit-elle d'une voix basse, profonde et vibrante.

Ses doigts glacés frôlèrent la main de Dacia, puis elle invita les visiteurs à s'asseoir sur un canapé tandis qu'elle prenait place sur un fauteuil à dossier très haut et surmonté d'une couronne d'or et des armes papales. Tous trois bavardèrent pendant quelques instants.

– Maintenant, au travail, déclara Zukocco. Car vous êtes venue pour écouter ce que j'ai à vous dire, n'est-ce pas, mon enfant?

– Vous êtes très bonne, dit Dacia.

– Tirez les rideaux, Bimbo, ordonna la prophétesse.

La pièce ne fut plus éclairée que par des boules dorées qui brillaient de part et d'autre de la cheminée. Il y avait assez de lumière pour voir ce qui se passait, mais on n'aurait pas pu lire, ou distinguer de trop petits détails.

– Voulez-vous vous asseoir ici, chère petite? dit Zukocco, indiquant à Dacia une chaise basse à côté d'elle.

La jeune fille se leva et vint prendre place sur le siège en question. Zukocco retira une housse de velours d'un objet sur la table, et Dacia vit qu'il s'agissait d'une boule de cristal, de la taille d'une balle d'enfant.

– Je veux que vous teniez ceci entre vos mains, dit la vieille femme.

Elle mit la boule dans les mains de Dacia, qui fut surprise de son poids.

– Regardez la boule, ordonna la prophétesse. N'en détachez pas vos yeux et écoutez attentivement ce que je vais vous dire.

Dacia eut un instant d'angoisse. L'envie la prit de reculer, de ne pas poursuivre l'expérience. Qu'allait-elle voir dans ce cristal?

« Je vais penser à mes sœurs », se dit-elle.

– Regardez. Regardez bien, dit la voix de Zukocco. Je vais vous révéler les secrets de l'avenir, les secrets que je déchiffrerai en plongeant profondément dans votre vie même! Dans les ténèbres qui cachent vos secrets, même à vous!

C'est ridicule, se dit Dacia. Pourquoi suis-je émue par ces absurdités? Je ne vais rien voir là-dedans!

Mais elle ne pouvait empêcher ses yeux de demeurer fixés, comme magnétisés, sur le cristal. La boule était lourde, lourde entre ses mains, lourde sur ses genoux. Il lui sembla que la voix de Zukocco venait de très loin et que sa tête devenait pesante.

Les couleurs que reflétait la boule se mirent à danser et à changer. Peut-être que quelqu'un remuait dans la pièce, pensa Dacia. Peut-être Bimbo avait-il changé les lampes de place? Elle aurait voulu lever les yeux pour voir ce qu'il faisait, mais elle s'aperçut qu'elle ne pouvait quitter du regard la boule brillante qui pesait sur ses genoux.

Y avait-il vraiment quelque chose qui bougeait à l'intérieur? Une sorte de brouillard?

D'un seul coup, le soleil brilla, et Dacia vit autour d'elle des gens vêtus de blanc, des rangées et des rangées de personnes à sa droite et à sa gauche, des centaines, des milliers d'individus qui s'agitaient, qui criaient, qui applaudissaient.

Et, en contrebas, juste en-dessous d'elle, dans l'arène, elle vit ce qu'ils regardaient tous : deux hommes combattaient, tous les deux en uniforme et le soleil faisait étinceler l'armure sur leur poitrine, les casques polis sur leur tête.

Elle entendait les tintements de l'acier contre l'acier et, chaque fois que les épées se rencontraient, un cri s'élevait de la foule. Et la jeune fille se sentait tendue, les doigts crispés les uns contre les autres, tout son corps raidi par l'angoisse et l'effroi.

Elle eut conscience d'une présence auprès d'elle, une présence pleine d'autorité, mais elle ne pouvait pas tourner la tête. Elle ne pouvait arracher son regard du combat qui se déroulait devant elle.

Soudain, la bataille s'acheva : le vainqueur tenait son épée contre la gorge de l'autre. Le moment venait où il allait demander s'il devait frapper ou épargner, s'il s'agissait, pour le vaincu, de vie ou de mort.

Dacia savait que le dénouement approchait. Elle

savait que rien n'empêcherait la question d'être posée et qu'il faudrait une réponse. Elle entendit les cris de la foule monter, s'enfler et s'éteindre dans le silence : la foule, elle aussi, attendait avec appréhension le signe qui viendrait d'un homme. L'homme qui se trouvait derrière elle!

Elle attendit, le souffle court, le cœur battant, l'angoisse dans l'âme, et voici que la foule elle-même donna le signe : les mains se tendirent, le pouce dirigé vers la terre; des cris de mort retentirent : le vaincu devait mourir.

Et Dacia, tout à coup, eut l'impression que quelque chose se rompait dans sa poitrine : elle ne pouvait plus supporter cette attente, comme s'il s'agissait pour elle aussi d'un verdict de vie ou de mort.

Le vainqueur levait les yeux vers elle et vers l'homme qui était assis derrière elle. Un sourire triomphant flottait sur ses lèvres. Le vaincu était à genoux près de lui, le visage levé, la tête rejetée en arrière à cause de l'épée qui menaçait sa gorge. L'ombre de la mort planait sur lui : pourtant, il n'avait pas peur. Ses grands yeux ouverts se dirigèrent vers Dacia, et, à travers la poussière et le sang, ils lui adressèrent un message qu'elle comprit malgré l'horreur et le désespoir qui s'emparaient d'elle. C'était un aveu d'amour.

Elle savait ce que serait le verdict. Elle le sut bien avant qu'une main se tendît à côté d'elle, une main osseuse, cruelle, atroce, dont le pouce était dirigé vers le sol. Elle voulut crier, mais elle en fut incapable. L'homme qui allait mourir la regardait toujours et, en silence, sans bouger, elle répondit à son amour par l'amour.

Elle ne pouvait rien faire d'autre, rien; seulement

garder leur secret jusqu'au jour où, elle aussi, descendrait dans la tombe. Pourtant, dans le dernier regard qu'ils échangèrent, elle mit tout son cœur et il mit tout le sien.

– Sauvez-le! Sauvez-le!

Elle entendit sa voix murmurer, et tout à coup l'arène disparut, la foule n'était plus là. Il ne restait en elle qu'obscurité et tristesse.

Soudain, venant de très loin, comme un souffle de vent dans les arbres, elle entendit une voix.

– Vous l'avez envoyée trop loin. Ramenez-la et interrogez-la encore.

C'était la voix de Bimbo et elle se demanda ce qu'il voulait dire. Une autre voix retentit et, très vaguement, elle reconnut celle de Zukocco.

– C'est difficile. Elle n'est pas commode.

– Demandez-lui! Demandez-lui encore!

– Etes-vous sûr qu'elle sache?

– Elle m'a dit qu'il lui faisait ses confidences.

J'ai sommeil! pensa Dacia. Je ne peux pas écouter. Je suis si malheureuse! Pourquoi suis-je si malheureuse?

– Dites-moi...

C'était encore la voix de Zukocco.

– Quel est le prix du Zeus? A quel prix sera-t-il offert? Dites-moi...

Comme si elle venait d'une autre planète, Dacia entendit sa propre voix balbutier :

– On dit que... le Zeus fera un... nouvel essai aujourd'hui.

– Oui, oui, je sais, mais dites-moi, quel prix veut-on obtenir du Zeus?

La voix de Zukocco était impérieuse et somnifère comme une drogue.

De très loin, la jeune fille entendait sa propre voix, un faible, un pâle écho de sa voix, mais sa voix tout de même.

– La nouvelle de... l'essai... n'est pas... confirmée.

– Il n'y a rien à faire. Je ne peux rien tirer d'elle!

– Zukocco, vous n'avez jamais échoué!

Le comte venait de parler.

– Je vieillis peut-être. Ou peut-être qu'elle ne sait rien.

– Je suis convaincu que si.

– Je ne peux rien de plus. Je regrette.

Il va falloir que j'ouvre les yeux, pensa Dacia. Il va falloir que je les affronte!

Mais elle était trop fatiguée, trop épuisée pour faire aucun reproche ou même pour parler. Il valait mieux ne rien dire du tout. Elle prétendrait qu'elle avait dormi, et rêvé d'étrange façon.

Lentement, aussi naturellement que possible, elle remua les mains, puis releva ses paupières. La pièce n'avait pas changé, les lampes dorées brillaient sur la cheminée, les rideaux étaient tirés. Zukocco était assise à côté d'elle et Bimbo un peu plus loin, sur le canapé.

Tous deux la fixaient. Après quelques secondes, elle parla.

– C'est... très... bizarre. J'ai... eu un rêve.

– Quel genre de rêve?

Zukocco avait posé la question. Dacia n'osait pas regarder le jeune homme.

– J'ai rêvé que j'étais... dans un cirque... Non, naturellement! Maintenant, je sais où c'était : au Colisée. Et il y avait... deux hommes qui se... battaient, des gladiateurs, je pense... devant moi. L'un a gagné et la foule l'ac...clamait, mais moi, j'aurais voulu que... l'autre... soit victorieux.

D'une voix entrecoupée, Dacia décrivait la scène, elle la revoyait intensément, de nouveau elle était accablée de désespoir. Elle revoyait le regard du vaincu tourné vers elle, ces yeux qui lui adressaient, sans paroles, mais du fond du cœur, un message d'amour.

Et soudain, tandis qu'elle balbutiait en cherchant ses mots, elle sut quel était l'homme qui devait mourir.

Elle savait maintenant, de manière fantastique et inexplicable, que c'était sir Marcus qui la regardait au moment où il allait vivre sa dernière seconde sur la terre. Sir Marcus qui, au seuil de la mort, lui avait crié silencieusement son amour!

10

Dacia ne sut jamais très bien comment elle sortit de la maison de Zukocco et regagna l'hôtel. Elle se rappela vaguement avoir prétexté la fatigue et la migraine pour rester immobile dans la voiture de Bimbo, les yeux fermés, répondant par monosyllabes quand il lui parlait.

Par bonheur il n'avait plus grand-chose à dire. Il était visible qu'il était très déçu par la rencontre avec Zukocco, tout autant que Dacia en était secouée et ulcérée.

Le sentiment d'irréalité qui demeurait en elle rendait le combat des gladiateurs plus précis dans sa mémoire que ce qui s'était passé par la suite. Avait-elle vraiment entendu la conversation murmurée entre Bimbo et la prophétesse? Ou cela faisait-il partie de son rêve?

Elle se dit en elle-même que c'était cela qu'elle souhaitait. Son orgueil était durement meurtri, cette vanité qui la portait à croire que seul son charme personnel avait attiré le comte, et non pas le fait qu'elle pouvait lui rendre service en espionnant sir Marcus.

Ils atteignirent l'hôtel et elle monta à sa chambre. Son seul désir était de rester seule, d'avoir le temps de réfléchir, de récapituler franchement et sans détour, même vis-à-vis d'elle-même, ce qui s'était passé.

Mais au moment où elle arrivait à l'étage et allait se diriger vers sa chambre, elle vit Robert sortir du salon et, avant qu'il eût parlé, elle comprit que sir Marcus était là.

– Vous voilà, miss Vancroft? Sir Marcus vous demande.

Le valet de chambre ouvrit la porte et Dacia entra. Sir Marcus était debout près du bureau où s'amoncelait une pile de lettres. Il ne les ouvrait pas. Il regardait droit devant lui comme si ses pensées étaient très loin de là et il sursauta quand il vit Dacia au seuil de la porte.

– Avez-vous besoin de moi, monsieur?

Il la regarda un moment, puis il sourit.

– Une véritable transformation! dit-il. Puis-je vous féliciter?

– Je suis... contente que... ce que j'ai choisi vous plaise, dit-elle.

Elle avait la voix hésitante et désolée.

– Votre goût est très sûr, dit sir Marcus. L'orgueil

qui vous a fait refuser un présent vous a-t-il coûté très cher?

– Non, pas vraiment.

Sa voix blanche fit soudain froncer les sourcils de son interlocuteur.

– Je regrette de ne pas avoir pu vous emmener déjeuner comme convenu, dit-il. Malheureusement des coups de téléphone très importants m'ont été envoyés d'Angleterre et j'ai dû consulter mes collaborateurs à leur sujet. Cela m'a pris du temps.

– C'était à propos des essais, je pense?

– Qui vous a parlé d'essais? Qui vous a révélé cela? répliqua-t-il furieux.

– M. Taylor m'en a parlé, dit la jeune fille.

– Ces journaux de malheur savent toujours tout! gronda sir Marcus.

Il s'assit au bureau et feuilleta les lettres.

– Ma secrétaire s'occupera de tout cela, dit-il, comme s'il se parlait à lui-même. Oh! voici quelque chose pour vous!

Il tendit une enveloppe que Dacia prit d'un geste d'automate. L'adresse était écrite de la main de Gaye.

La seule vue de cette lettre donna à Dacia le mal du pays. Elle fut prise d'un désir désespéré de retrouver le calme et la paix de son village, les tâches familiales accomplies chaque jour, le bavardage des petites, le téléphone appelant son père. C'était là sa véritable existence, c'était là le monde qu'elle comprenait.

Elle ferma les yeux un instant, évoquant la magie du Panthéon au clair de lune, les étoiles qui brillaient au ciel, la douceur de la lumière bleue sur les colonnes en ruines.

Une exclamation soudaine venant du bureau lui

fit rouvrir les yeux et se retourner précipitamment. Sir Marcus avait un papier à la main et le lui tendait.

– Regardez! s'exclama-t-il. Lisez, et voyez si ce genre de ragots vous plaît!

Elle s'approcha lentement et vit qu'il tenait une coupure de journal. Elle la prit : les mots *Clairon Quotidien* étaient imprimés sur l'en-tête et elle se sentit brusquement malade d'appréhension. Elle lut :

« Sir Marcus Cunningham est arrivé à Rome aujourd'hui, accompagné d'une charmante et blonde infirmière qui intrigue tout le monde. On sait que sir Marcus a eu un accident peu avant de quitter l'Angleterre, mais on se serait attendu à ce qu'il se fasse accompagner par un membre plus respectable de la profession, ou encore qu'il réclame les services de l'une des nombreuses et compétentes infirmières de l'hôpital anglais de Rome.

« Sa compagne de voyage, miss Dacia Vancroft, qui habite le Worcestershire, n'était jamais venue sur le continent avant ce voyage. Elle et sir Marcus se sont rencontrés dans des circonstances tellement romanesques qu'on bavarde beaucoup dans la société romaine : on se demande s'il n'y aurait pas des fiançailles sous roche. »

Dacia lut le texte jusqu'au bout et reprit sa respiration. Tim avait écrit cela, Tim qu'elle croyait son ami. Elle avait eu confiance en lui et lui avait donné son amitié; il prétendait qu'il l'aimait. Comment avait-il pu écrire des choses pareilles?

Elle posa la coupure de journal sur le bureau.

– Maintenant, dit sir Marcus, vous comprenez pourquoi je vous ai demandé de rester à l'écart de la presse?

– Je suis désolée.

– Je sais très bien que vous m'avez trouvé ridicule. Vous pensiez que je me mêlais à tort de votre vie privée, reprit sir Marcus, mais je connais les gens auxquels j'ai affaire.

– Je suis désolée, répéta la jeune fille. Je ne savais pas. Il... il avait l'air b... bien.

– Bien? répéta sir Marcus indigné. Voilà justement comment ils s'y prennent pour vous tirer les vers du nez! Ils mentent, ils manœuvrent, ils jouent la comédie, n'importe quoi, pourvu qu'ils obtiennent un sujet d'article. Ne comprenez-vous pas, petite sotte, que vous n'êtes pas « quelqu'un » pour eux? Vous êtes seulement un certain nombre de lignes imprimées!

– Oui... je comprends... balbutia la jeune fille.

Cette fois les larmes jaillissaient et roulaient sur ses joues. Elle se tourna vers la fenêtre, dissimulant son visage à sir Marcus, honteuse de pleurer, mais incapable de retenir ses larmes.

Elle fouilla dans la poche de son manteau et y prit un mouchoir dont elle essuya ses yeux, mais les larmes coulaient toujours. Jamais elle ne s'était sentie si désespérée.

– Dacia, ne pleurez pas.

La voix venait de tout près et elle s'aperçut que sir Marcus avait quitté son bureau et était venu près d'elle sans qu'elle l'entendît.

– C'est s... stupide, je... je sais, bégaya-t-elle.

– Je ne voulais pas vous faire de peine, reprit-il, j'étais seulement furieux qu'on fasse de vous un sujet de plaisanteries et de moqueries. Si je re-

vois jamais ce jeune homme, je lui tords le cou.
– Je suis... confuse.
– Asseyez-vous.
Elle obéit. Pour le moment, elle était hors d'état de penser par elle-même. Un énorme poids pesait sur sa poitrine et sa gorge se contractait douloureusement.
Il y avait une sorte de banquette devant la fenêtre et elle s'y laissa tomber, s'essuyant les yeux dans un vaillant effort pour reprendre le contrôle de ses nerfs. Sir Marcus s'assit à côté d'elle, le coude sur l'appui de la fenêtre, légèrement tourné de côté pour faire face à la jeune fille.
– Vous êtes si jeune, dit-il avec une douceur inattendue. Si ridiculement jeune.
– Je mûrirai, dit Dacia tristement.
– Bien trop vite, répliqua-t-il avec un vague sourire. En attendant, ne vous faites pas de chagrin, tout le monde peut se tromper.
– Il était si amical, dit Dacia. Ils l'étaient tous les deux.
– De qui parlez-vous?
La voix de sir Marcus était brève. Trop tard, Dacia s'aperçut de son étourderie.
– Je ne veux plus y penser, dit-elle très vite. Je ne veux plus jamais voir ni Tim Taylor ni le comte! Je ne peux pas vous expliquer. Je vous en prie, ne me demandez rien.
– Je ne dirai plus rien, répondit avec douceur sir Marcus.
– Tout est ma faute, tout! sanglota la jeune fille. Je suis une sotte.
– Une sotte parce que vous avez confiance en des gens et que vous croyez ce qu'ils disent? Ne changez pas, Dacia, c'est l'un de vos plus grands charmes!

– Que je sois sotte? demanda-t-elle amèrement.

– Non, que vous soyez prête à juger les gens avec indulgence, que vous leur supposiez toutes sortes de qualités. En général, les êtres humains soupçonnent en leurs semblables tous les défauts. C'est pour cela que vous êtes différente. Différente et rafraîchissante.

– Je n'aurai plus confiance en personne, dit Dacia avec désespoir.

– Ne parlez pas ainsi, répliqua sir Marcus presque sèchement. Ne soyez pas amère, vous! Moi, je le suis, je le sais, tout comme je sais que vous me trouvez dur, sans cœur, intéressé. J'ai essayé de n'être pas tout cela, mais il est trop tard maintenant.

Il y avait une profonde tristesse dans sa voix et Dacia qui le regardait eut l'impression que ses rides se creusaient plus profondes.

– Je n'ai jamais compris mon père, je ne me suis jamais entendu avec lui et, six mois après son veuvage, il s'est remarié. Avec une méchante femme. Il n'y a pas d'autre mot pour la décrire.

– Je comprends que vous ayez été malheureux.

– Je l'étais tellement que j'avais envie de mourir. Ma belle-mère me persécutait; elle était jalouse de moi. Elle m'a détesté dès le premier jour et elle était furieuse quand par hasard mon père s'occupait de moi ou qu'il me donnait de l'argent.

– Comme c'est affreux! s'exclama la jeune fille.

– J'ai été tourmenté par cette femme pendant cinq ans. Puis j'ai persuadé mon père de me laisser partir pour gagner ma vie. L'un de ses amis était en train de dessiner un nouveau type de moteur d'avion : il m'a pris dans son atelier. Je pense que vous savez la fin de l'histoire.

– Pas vraiment, confessa Dacia.

– Eh bien, j'ai eu de la chance. J'ai trouvé moyen de découvrir ce qui clochait dans les dessins avant que les experts ne les voient. J'ai travaillé comme un forçat parce que cela m'intéressait : j'apprenais tout ce que je pouvais et je demandais toujours à apprendre davantage. J'avais très peu d'argent : mon père me donnait une très petite pension et je vivais seul et sans confort dans une chambre misérable.

Il soupira.

– Je ne voyais aucun garçon de mon âge et je n'avais aucune envie de rencontrer des femmes : j'en savais trop sur leur compte grâce à ma belle-mère.

– Si votre mère avait vécu, ce n'aurait pas été la même chose, dit Dacia. Elle devait aimer les autres puisqu'elle vous aimait.

– Oui, c'était une femme aimante et bonne, dit-il, toujours prête à découvrir les meilleurs côtés des gens, et ceux-ci étaient instinctivement attirés par elle dès qu'ils la voyaient.

– Alors pourquoi n'avez-vous pas voulu suivre son exemple?

Sir Marcus regardait par la fenêtre.

– Je ne sais pas. Je ne crois pas y avoir jamais pensé. Quand je me suis trouvé sous la férule de ma belle-mère, je n'ai plus songé qu'à détester tout le monde, à me battre contre tout et contre tous.

– Je vous vois très bien dressé contre tous, dit Dacia. Et tout le temps, au fond de votre cœur, vous aviez soif de bonté et de compréhension.

– Je ne pensais pas à cela du tout, rétorqua sir Marcus. Tout ce que je souhaitais, c'était écraser tout ce qui s'opposait à moi et fuir tout ce qui me faisait horreur.

– Nul ne peut vivre sans amour, dit Dacia, surtout pas les enfants. C'est pour cela que je fais tout ce que je peux pour que Robin ne souffre pas d'avoir perdu sa mère.

– Et vous avez fait de votre mieux pour vos sœurs aussi, n'est-ce pas? Gaye et Christine vous aiment tendrement.

– Je n'aurais pas cru que vous vous souviendriez de leurs noms, remarqua Dacia en souriant. Elles sont moins jeunes d'abord, et peut-être les filles ont-elles plus de ressort que les garçons. Je crois que maman a manqué surtout à Robin et c'est pour ça que je comprends très bien ce que vous avez éprouvé à la mort de votre mère.

– En somme, elle vous ressemblait, observa sir Marcus. Elle avait le même genre que vous et elle savait se donner l'air féminin quoi qu'elle fît.

– « Se donner l'air »?...

– Pour les hommes, répondit sir Marcus d'une voix durcie, la féminité est toujours un piège. Les femmes qui paraissent les plus faibles obtiennent toujours ce qu'elles veulent.

– Je me le demande, soupira Dacia. Si j'entre effectivement dans cette catégorie, cela ne m'a certainement pas procuré ce que je veux.

– Et que voulez-vous? demanda sir Marcus, presque brutalement. La fortune? Le pouvoir?

Dacia se mit à rire.

– Non, bien sûr, je ne veux rien de tout cela. Je crois que je voudrais seulement être aimée. Peut-être toutes les femmes désirent-elles cela du fond du cœur, peut-être que c'est ce que nous cherchons toutes? (Elle hésita, puis ajouta à voix basse :) Peut-être est-ce pour cette raison que je me suis rendue ridicule depuis que je suis ici?

– Vous êtes-vous réellement imaginé que vous vous feriez aimer de ce mauvais sujet de comte et de ce reporter de presse? demanda sir Marcus d'un ton méprisant.

Dacia rougit.

– Ils... ils m'avaient dit que... je leur plaisais et je... je ne les croyais pas capables de... mentir. Je ne voyais pas pourquoi ils auraient... menti.

– Vous oublierez cela, dit sir Marcus, et, de plus, même si ces gens vous ont fait souffrir, ils ne sont rien pour vous, ils n'ont aucune influence sur votre vie... à moins, évidemment, que vous ne soyez amoureuse de l'un deux.

L'intonation interrogative de la voix intimida soudain la jeune fille.

– Non, pas du tout, dit-elle très vite.

– Est-ce vrai? insista-t-il. Vous n'avez pas conçu pour ce jeune comte une soudaine tendresse? Après tout, on le dit séduisant.

– Non, je vous l'assure. Je n'éprouve rien de ce genre pour lui. C'est seulement que je... (Elle s'interrompit avec un soupir.) Je ne sais comment vous expliquer. Tout ce que je sais c'est que je ne l'aime pas. Je n'ai jamais été amoureuse.

– Qu'est-ce que l'amour? demanda sir Marcus. Quel genre d'amour souhaitez-vous?

– Y a-t-il différentes sortes d'amour?

– Je crois que oui, dit-il très sérieusement. Moi, je crois être incapable de trouver l'amour sur mon chemin, cet amour qu'on décrit dans les romans : c'est là une des ces illusions dont on parle beaucoup, une formule, si vous voulez, bonne pour les poètes, les chanteurs et les auteurs de comédies.

– Pensez-vous réellement cela? demanda la jeune fille. C'est impossible! l'amour existe! L'amour est une chose qui se présente pour tout le monde, tôt ou tard! Et c'est ce que tout le monde attend.

– Je ne le crois pas. La plupart des gens pensent à l'argent, à la célébrité, ou à n'importe quoi qui satisfasse leur ambition.

– Ce n'est pas vrai! dit-elle avec passion. Je vous jure que ce n'est pas vrai! Pour tout homme, pour toute femme existent les merveilles et la beauté de l'amour : ils n'ont qu'à attendre sa venue. Quelque part dans le monde il y a quelqu'un que vous aimerez.

– Tel que je suis? Cynique, amer, méfiant?

– Naturellement, déclara Dacia, péremptoire. Ne comprenez-vous pas? Elle vous verra, vous, à travers tout cela, elle saura que c'est seulement une armure que vous avez forgée au cours de ces années où vous étiez malheureux, et derrière toutes ces barrières dont s'est entouré sir Marcus Cunningham, elle retrouvera le petit garçon qui a perdu sa mère.

– Merci, Dacia.

La voix de sir Marcus était très basse. Il tendit une main et prit celle de la jeune fille. Les doigts de Dacia étaient très frêles au creux de la large paume et soudain, à ce contact ferme et chaud, elle sentit courir en elle un étrange frémissement.

A cet instant le téléphone sonna, rompant le silence de la pièce. Dacia sursauta et sa main quitta celle de sir Marcus.

– Au diable! grogna-t-il entre ses dents.

Il alla décrocher l'appareil.

– Allô!... Oui, naturellement, passez-moi la communication. (Il mit sa main sur l'écouteur.) Cela vient d'Angleterre, dit-il. Les résultats des essais.

– Oh! Pourvu que tout ait bien marché!

– Oui, sir Marcus Cunningham lui-même. Est-ce vous, Jamieson? Quelles nouvelles?

Il y avait dans sa voix une ardeur, un soudain enthousiasme qui prouvaient l'importance de l'expérience pour lui. Mais comme elle l'écoutait et l'observait, elle comprit que quelque chose s'était produit; elle n'entendait pas ce qui se disait à l'autre bout du fil mais elle sentait l'atmosphère littéralement changer.

– Quand cela? (La question partit comme un coup de feu.) Où cela?... Oui... C'est bien. Rappelez-moi, dit-il enfin.

Il raccrocha avec rage.

Il demeura debout, fixant l'appareil sans remuer. Dacia attendit un moment, puis, timidement, murmura :

– Qu'est-il arrivé?

– Une explosion! dit-il. Une explosion pendant les essais!

– Cela compromet-il vos chances de vendre le Zeus? demanda-t-elle.

Sir Marcus leva la tête et parut seulement s'apercevoir de sa présence.

– Non, évidemment non, dit-il. Il n'y a aucune raison pour que la chose se sache. Personne ne doit rien savoir, comprenez-vous cela?

– Oui, bien sûr.

– Vous ne direz rien? Me le jurez-vous sur l'honneur?

– Naturellement je le jure, dit la jeune fille. Vous pouvez avoir confiance, sir Marcus. Je vous en prie, ayez confiance en moi.

Il la regarda et son visage s'adoucit.
– J'ai confiance en vous, dit-il, bien plus que vous ne croyez.

11

Dacia attendit, croyant que sir Marcus allait en dire davantage, mais au lieu de cela il regarda sa montre et s'exclama :
– Il faut que j'attrape Gresham avant qu'il ne quitte le bureau.
– Avez-vous encore besoin de moi? demanda la jeune fille.
– Pas pour le moment. J'aurai peut-être à sortir, mais nous dînerons ensemble. Je vais organiser cela.
Devant ce ton péremptoire et sec, la jeune fille comprit qu'elle était maintenant écartée de l'esprit de sir Marcus. Déjà, il décrochait le téléphone et demandait le numéro de son bureau.
A peine était-elle revenue dans sa chambre que le téléphone sonna. Elle hésita un instant : si c'était Bimbo? Que lui dirait-elle? Mais non, ce n'était sûrement pas lui : en ce qui la concernait, Bimbo n'existait plus.
Elle décrocha l'appareil.
– Allô!
– Dacia, est-ce vous?
Elle se raidit à la voix de Tim.
– Oui, mais... je n'ai rien à vous dire.
– Que voulez-vous dire? Qu'est-il arrivé?
– Je ne peux vous expliquer en quelques mots ce

qui s'est produit. Je viens de voir une coupure du *Clairon,* envoyée d'Angleterre à sir Marcus.

Il y eut un instant de silence et elle allait raccrocher quand Tim poussa un cri.

– Le *Clairon?* Je ne comprends pas... Oh! Je sais ce que c'est : il s'agit de l'entrefilet du jour de votre arrivée.

– Oui, je pense que c'est cela, en effet, dit Dacia. Je vous croyais mon ami.

Elle essayait de parler froidement, avec dignité, mais sa voix était seulement très faible et très triste.

– Oh! Dacia, écoutez! Je suis désolé si cela vous a mécontentée, mais vous comprenez, il fallait que j'écrive quelque chose! C'est pour ça que j'étais venu voir sir Marcus le premier soir, vous rappelez-vous? Je vous ai dit qu'il me fallait absolument un papier. Comme je n'avais rien à dire, j'ai parlé de vous, ce n'était pas si mal!

– Cela dépend de ce que vous appelez « mal », dit Dacia. Pour moi, j'ai trouvé votre papier vulgaire et humiliant. J'ai été sotte d'avoir confiance en vous, de croire un seul instant que vous cherchiez seulement mon amitié.

– Dacia, vous n'y êtes pas du tout! protesta le jeune homme. Ce premier soir, je me suis intéressé à vous parce que vous étiez auprès de sir Marcus, c'est vrai. J'aurais écrit sur n'importe qui puisque je ne pouvais approcher du grand homme : sur son valet de chambre, son chauffeur ou sa secrétaire, n'importe quelle personne à laquelle je puisse parler. Le directeur m'avait dit de faire un papier et il fallait que je m'exécute, d'une manière ou d'une autre. Mais, ensuite, tout a changé.

– Comment le saurais-je? répliqua Dacia. Je suppose que tous les jours il a paru un paragraphe sur quelque chose que j'ai dit et que vous vous êtes arrangé pour transformer en potin mondain.

– Je vous donne ma parole qu'il n'a rien paru de semblable. Il faut me croire, Dacia! Je vais vous apporter le texte de tout ce que j'ai donné au journal depuis votre arrivée et vous verrez vous-même.

Il y eut un silence. La jeune fille réfléchissait à ce qu'elle venait d'entendre.

– Je vous en prie, Dacia, croyez-moi! supplia le jeune homme. Ce serait affreux que vous soyez fâchée contre moi! Il faut que vous compreniez ce qu'est mon travail : je ne faisais que ce qu'on m'avait commandé de faire, ce premier soir. Depuis lors je n'ai plus jamais rien écrit sur vous, je vous le jure sur tout ce que j'ai de plus sacré.

– C'était si méchant, toutes ces choses que vous aviez insinuées et qui faisaient croire que j'étais... l'amie de sir Marcus, ou quelque chose de ce genre!

– Je sais, je sais, c'était assez répugnant... Tâchez de comprendre...

– J'essaye...

– Ecoutez, je vous aime, dit le jeune homme avec désespoir. Je voudrais vous épouser. Je veux que vous soyez ma femme. Dacia, dites que vous le serez!

– Oh! Tim!...

Un étrange soulagement inondait le cœur de Dacia : Tim n'était pas comme Bimbo, il ne s'était pas servi d'elle pour satisfaire sa propre ambition, il était sincère, il l'aimait pour elle-même et son amitié était véritable.

– Dites-moi que vous m'épouserez! répéta-t-il.

– Non, Tim, non, mais merci tout de même de me

le demander. Merci de m'aimer un peu, mais je ne peux pas vous épouser, dit sérieusement la jeune fille. Je ne vous aime pas d'amour, je le sais. Mais je veux votre amitié. Je veux pouvoir avoir confiance en vous, je veux que vous me disiez toujours la vérité.

– Naturellement, vous pouvez avoir confiance en moi! s'exclama Tim. Que signifie tout cela? Il y a sûrement quelque chose.

– Oui, il y a quelque chose, répondit Dacia, mais je ne peux pas vous en parler maintenant, pas par téléphone tout au moins.

– Venez dîner avec moi. J'ai un rendez-vous mais je me décommanderai.

– Je ne peux pas, je dîne avec sir Marcus.

– Alors voyons-nous après.

– Non, c'est impossible. Peut-être demain.

– Pas de « peut-être », trancha le jeune homme. Nous nous verrons, même si je dois monter la garde devant votre porte.

Dacia reposa l'appareil et alla à la fenêtre. L'univers ne lui paraissait plus aussi ténébreux qu'auparavant. Tim, tout au moins, ne l'avait pas trahie. Tim était un ami véritable et elle l'avait accusé à tort.

Elle était encore devant la fenêtre quand Robert frappa à sa porte.

– C'est sir Marcus, mademoiselle. Il est obligé de sortir avant le dîner et demande si vous voudriez soigner sa jambe maintenant?

– Oui, bien sûr, dit Dacia.

Elle mit sa blouse blanche par-dessus sa robe et se rendit dans la chambre voisine. Sir Marcus était assis, avec sa jambe étendue. Il téléphonait à quelqu'un qui devait parler beaucoup : il répondait par monosyllabes, avec humeur.

La jeune fille refit le pansement et constata que la jambe était en meilleur état ce soir. Le blessé parut ne pas même s'apercevoir qu'elle avait fini et Dacia retourna dans sa chambre. Comme il restait deux heures avant le dîner, elle s'assit pour écrire à Robin.

Elle écrivait depuis une vingtaine de minutes quand Robert vint lui dire qu'il allait dîner.

– Sir Marcus est sorti, mademoiselle. Si vous n'avez pas besoin de moi, je pensais aller manger un morceau et sortir pour prendre un peu l'air. Sir Marcus m'a dit qu'il rentrerait pour se changer vers 8 heures, je n'ai pas besoin d'être là avant.

– C'est parfait, Robert.

Robert referma la porte et s'en fut.

Elle revint à sa lettre et elle l'avait presque terminée quand elle entendit le téléphone sonner dans la pièce voisine. La sonnerie se prolongeait et, après un moment, elle se leva pour aller répondre. Mais quand elle entra dans la chambre, la sonnerie s'interrompit pour reprendre presque aussitôt dans le salon. Quelqu'un était évidemment très désireux de parler à sir Marcus.

La jeune fille courut chercher le récepteur.

– Allô!...

– Il y a un télégramme pour sir Marcus, dit une voix.

– Il est sorti.

– Etes-vous sa secrétaire?

– Non, je suis son infirmière.

– Peut-être pourriez-vous le prendre? C'est très important.

– Qui parle? demanda Dacia qui se demandait si la voix était anglaise.

– Je parle du bureau de sir Marcus. Le télégramme vient d'arriver et il n'y a personne : tout le monde est parti, sauf moi.

– Très bien, dictez-moi le texte, dit la jeune fille. Je le transmettrai à sir Marcus dès qu'il rentrera.

– Je ne sais pas pourquoi il est signalé comme « urgent », reprit la voix au bout du fil. Il n'en a pas l'air, mais nous avons reçu l'ordre de transmettre immédiatement tous les télégrammes d'Angleterre à sir Marcus à son hôtel.

Dacia cherchait une feuille de papier sur le bureau; il y avait là une masse de lettres et de fiches dactylographiées, mais elle ne voyait aucun bloc de correspondance.

– Un instant, pria-t-elle. Il faut que je cherche de quoi noter ce télégramme.

Elle repoussa une pile d'enveloppes ouvertes, pensant qu'il y avait peut-être un bloc de papier en dessous, et à ce moment quelque chose lui sauta aux yeux : une facture...

« Une robe du soir en dentelle bleue, lut-elle, livrée selon instruction au Grand-Hôtel. »

Les yeux fixes, elle regarda la facture avec stupeur, notant l'en-tête du papier avec le nom de « Valetta », une couturière italienne dont elle avait entendu parler comme l'une des plus célèbres d'Italie.

« Une robe du soir en dentelle bleue... » Les mots semblaient s'imprimer dans sa tête. Puis elle entendit une voix étouffée qui venait du récepteur téléphonique :

– Dépêchez-vous, je voudrais rentrer chez moi!

– Je vous demande pardon, dit Dacia précipitamment.

Elle trouva enfin ce qu'elle cherchait, une feuille de papier de l'hôtel.

– Allez-y, dit-elle, je vous écoute.

« Température plus clémente, espérons partir pour vacances mercredi. Stop. Amitiés à tous nos amis. Stop. Geoffrey. »

– Est-ce tout? demanda Dacia.
– C'est tout. Et maintenant, je file. Bonsoir.
– Bonsoir, répondit Dacia.

De nouveau elle regarda la facture. Ainsi, c'était sir Marcus qui lui avait offert la robe. Cela paraissait incroyable. Soudain elle vit qu'un autre papier était épinglé sous celui-là.

« Une paire de sandales d'argent taille trois et demi. »

Une phrase suivait, écrite au crayon :

« J'espère que cela vous conviendra et que la taille est bonne. J'ai ajouté une écharpe comme vous le désiriez. MADAME NITA. »

Dacia remit les factures sur la table et replaça la pile de lettres par-dessus, rangeant les choses comme elles l'étaient auparavant. Elle alla à la fenêtre, serrant sa tête dans ses mains.

Il était difficile de savoir, difficile d'imaginer ce qu'il avait eu dans la tête : voulait-il lui faire plaisir, ou était-il gêné de la voir partout en uniforme? Pourtant, si cette dernière raison était la bonne, pourquoi ne la laissait-il pas tout simplement à l'hôtel? Elle ne comprenait rien à sa conduite, ne parvenait pas à trouver d'explications valables à ses diverses attitudes à son égard.

Pour la première fois cet après-midi, pendant cette conversation où il lui avait parlé de son enfance, il avait paru plus humain, un être sensible.

Jusque-là, presque toujours il était brusque et désagréable, la contredisant comme à plaisir. Et pourtant il avait fait cela, il lui avait donné sa robe de Cendrillon !

Elle n'y comprenait rien, ne trouvait à ce geste aucune explication, mais elle savait qu'elle n'aurait pas le courage d'en demander.

« Pourquoi est-il tellement incompréhensible ? » se demanda-t-elle.

Elle se retourna brusquement, car la porte s'ouvrait et elle crut que sir Marcus était rentré.

Ce n'était pas lui mais lady Sybil, vêtue d'une extraordinaire robe de satin pourpre, des diamants scintillants à ses oreilles et une large écharpe de chinchilla drapée sur ses épaules.

– Sir Marcus est-il là ? demanda-t-elle sèchement.

– Non, dit Dacia, il est sorti.

– Quel ennui ! Il aura été directement à la réception de la comtessa ! s'exclama la visiteuse. Je passais le prendre pour que nous y allions ensemble.

– Je ne sais pas du tout où il est allé, dit Dacia.

– Non ?

Le monosyllabe était une question.

– Vous en savez probablement plus que vous ne le prétendez, ma petite. Le secret professionnel peut être bien commode à l'occasion.

– Je ne vois pas ce que vous voulez dire, déclara froidement la jeune fille.

– Vous le voyez fort bien, riposta lady Sybil. Je ne sais pas quel jeu vous jouez, mais si vous croyez que vous éloignerez sir Marcus de moi, vous vous trompez lourdement !

– Je ne joue aucun jeu, dit Dacia.

– Votre air innocent peut sans doute convaincre

certaines personnes, rétorqua lady Sybil avec dédain, mais il n'a aucun effet sur moi! Vous savez, je pense, que tout Rome parle de vous? La jolie infirmière de sir Marcus! L'infirmière qui porte le modèle le plus cher de Valetta pour danser un soir et qui apparaît avec de nouveaux vêtements tous les jours, chose qu'une infirmière ne peut s'offrir avec son maigre salaire!

– La robe dont vous parlez était un cadeau, répondit Dacia en rougissant.

– Je n'en ai jamais douté, ricana lady Sybil, sarcastique. Et je devine aussi la personne qui a payé la note. Pourquoi ne restez-vous pas à la place qui vous convient?

– J'ai peur de ne pas savoir où se trouve cette place-là, répliqua la jeune fille; et, de toute façon, ce n'est pas à vous que je demanderai de m'éclairer!

Elle avait parlé posément, mais son cœur battait très vite. Pour la seconde fois, lady Sybil la défiait et elle sentait que la belle créature nourrissait contre elle une haine qui semblait jaillir de ses yeux et qui tordait ses lèvres.

– Je n'ai rien d'autre à vous dire, déclara-t-elle. Je n'ai aucune confiance en vous et toute cette histoire est extrêmement louche, mais, je vous préviens, si vous vous dressez entre sir Marcus et moi, je vous tuerai. Et je ne parle pas à la légère!

Elle sortit du salon en claquant la porte.

Plus que jamais, après une rencontre avec lady Sybil, la jeune fille se sentit impuissante et malheureuse.

Dacia retourna dans sa chambre. Elle se déshabilla et fit couler un bain. Elle était si déprimée que même l'idée d'aller dîner en ville ne la réconfortait pas.

Peut-être était-il plus sage de s'abstenir de cette sortie? se dit-elle. Lady Sybil affirmait que les gens bavardaient, ce qui n'avait, en somme, rien de très étonnant. Beaucoup, peut-être, avaient lu l'article du *Clairon*. Ils pouvaient trouver étrange que sir Marcus ait amené avec lui une infirmière jeune et jolie. Quels soupçons sur le caractère de leurs rapports ne devaient-ils pas bâtir sur leur couple?

La jeune fille rougit à cette pensée. Non, décida-t-elle, elle n'irait pas dîner au-dehors, ils pouvaient aussi bien prendre un repas à l'hôtel. Elle se refusait à paraître en public avec lui.

En sortant de la salle de bains, elle ne tira pas la belle robe bleue de l'armoire. De toute manière elle n'osait pas affronter sir Marcus ainsi vêtue : elle était sûre de lui laisser voir qu'elle savait maintenant qui la lui avait offerte.

Mais pourquoi, pourquoi avait-il fait cela? De nouveau la question se posait à elle.

Rapidement elle mit la robe verte.

Il y a tant de choses que je ne comprends pas, se dit-elle avec humeur.

Un peu plus tard elle entendit un pas dans le couloir et elle sut que sir Marcus était de retour. Le pas était facile à reconnaître car il n'était pas tout à fait régulier : le blessé boîtait encore. Elle l'entendit ouvrir la porte du salon; elle attendit un instant, essayant de se composer une attitude naturelle, se rappelant la bonté qu'il lui avait témoignée plus tôt dans l'après-midi. Elle tentait d'oublier la facture découverte par hasard et de repousser loin d'elle les menaces et la haine de lady Sybil.

Enfin, avec effort, elle se rendit au salon à son tour. Comme elle s'y attendait, il était assis devant le bureau.

– Je suis revenu, dit-il bien inutilement.

Il souriait et, entre ses sourcils, les rides semblaient disparues.

– Il est arrivé un télégramme pour vous, répondit Dacia. On l'a téléphoné de votre bureau en disant qu'il était « urgent ».

– Où est-il?

Sir Marcus prit la feuille de papier où la jeune fille avait transcrit le texte de la dépêche. Il le lut et elle l'observa : il avait l'air un peu fatigué et pourtant il paraissait plus jeune.

– Avez-vous compris cela? demanda-t-il.

– Compris quoi?

– Le télégramme.

– Il m'a eu l'air très ordinaire. Je ne sais pas pourquoi il était si urgent.

De nouveau, sir Marcus lui sourit.

– C'est un télégramme codé, dit-il. Voyons ce qu'il signifie.

– Codé! répéta la jeune fille. Jamais je n'aurais pensé à ça!

– On m'avait promis de me télégraphier après le rapport sur le Zeus. Voyons ce qui s'est passé.

Il se mit à griffonner sur le papier tandis que Dacia le regardait. Il leva la tête.

– Voulez-vous savoir ce qu'il en est? demanda-t-il, ou n'êtes-vous pas curieuse?

– Bien sûr que si! Je veux savoir! s'écria la jeune fille.

Sir Marcus sourit et lut tout haut :

« Sabotage commis par concurrents. Dégâts peu importants, réparations terminées en quarante-huit heures. Secret assuré de ce côté. »

– Ainsi, c'était bien un sabotage, dit Dacia.

– Je le supposais. Dans quarante-huit heures nous

en serons revenus au même point qu'aujourd'hui.

– Je suis bien contente que ce ne soit pas plus grave.

– Merci, dit sir Marcus. Et maintenant, si nous nous changions pour aller dîner?

– Je ne crois pas que... nous devrions sortir en ville, dit la jeune fille d'une voix hésitante.

– Pourquoi?

– Je crois que... ce serait une... erreur.

– Une erreur pour qui? demanda-t-il. Pour vous ou pour moi?

– Pour vous, répondit Dacia.

Elle continuait à ne pas le regarder et, après un instant de silence, elle l'entendit demander :

– Dacia, venez ici.

Elle tourna la tête. Il était assis au bureau et tendait une main vers elle. Elle demeura immobile et il répéta :

– Venez ici. J'ai à vous parler.

Lentement, presque sans le vouloir, elle s'approcha de lui et, quand elle fut près du bureau, toujours hésitante, se sentant paralysée par une insurmontable timidité, elle mit enfin sa main dans la sienne.

– Qu'est-ce qui vous tracasse? demanda-t-il.

Dacia serra les lèvres dans son effort pour taire la vérité, mais sans doute lisait-il la réponse sur son visage.

– Sybil est-elle venue?

Dacia hocha la tête. Même pour défendre sa vie elle n'aurait pas pu proférer un son.

– Asseyez-vous, ordonna sir Marcus.

Il abandonna la main de Dacia et elle s'assit dans un fauteuil près du bureau. Il se pencha en avant, le menton sur une paume.

– Etes-vous vraiment quelqu'un qui écoute les ragots et qui s'en affecte? demanda-t-il.

– Je... je ne sais pas, murmura la jeune fille, mais... lady Sybil a dit...

– Ne vous occupez pas de ce qu'elle a dit, interrompit sir Marcus. Je ne veux pas le savoir. Ce qu'elle dit ou ne dit pas n'a pas la moindre importance. Si vous ou moi voulons faire quelque chose, qu'importe ce que disent les gens, Sybil ou qui que ce soit. Je me moque de ce qu'on dit de moi. Je fais ce que je veux et si les gens n'aiment pas ça, tant pis pour eux.

– Nous pourrions dîner ici, dit Dacia, timidement.

– Nous dînerons là où j'ai envie de dîner, dit sir Marcus avec entêtement. Je vais vous emmener dans un petit restaurant tranquille; cela vous convient-il?

– Oui, dit Dacia. Ce sera mieux. Beaucoup mieux.

– Parfait. Inutile de nous habiller, nous irons comme nous sommes. Allez chercher votre manteau.

Dacia se leva, se dirigea vers la porte, puis soudain s'arrêta pour se retourner et lui faire face.

– Pourquoi m'avez-vous offert cette robe, sir Marcus? demanda-t-elle.

Sir Marcus leva les sourcils.

– Ainsi vous êtes au courant, dit-il. Faut-il vraiment m'expliquer? Disons qu'il s'agissait d'une impulsion! Que je désirais vous voir telle que vous méritez l'être!

– Vous avez eu tort de m'offrir cela et tort de me laisser croire que le présent venait de quelqu'un d'autre, dit la jeune fille d'une voix saccadée.

– Je ne crois pas que cela ait fait de mal à personne, répondit paisiblement sir Marcus. N'est-ce pas un bon critère pour juger si un geste est bon ou mauvais?

Elle le regarda, puis soudain avança d'un pas.

– Je voudrais vous dire merci, murmura-t-elle. Vous avez été très bon... extraordinairement bon. Vous saviez que je n'aurais pas accepté de vous ce trop beau cadeau, alors vous m'avez joué la comédie. C'est une robe merveilleuse, la plus belle que j'aie jamais eue. Merci. Il est trop tard maintenant pour la renvoyer. Puis-je la garder? Elle est tellement jolie.

Un instant, sir Marcus demeura muet, puis il tendit la main.

– Sommes-nous amis? demanda-t-il.

– J'essaye de vous dire merci, murmura la jeune fille.

– Mais vous ne m'avez pas donné votre main.

Prise d'une nouvelle et ridicule crise de timidité, Dacia, une fois de plus, mit sa main dans celle de sir Marcus. Il la serra, puis la contempla.

Elle eut un petit frisson. Elle ne savait pas pourquoi elle frissonnait, mais elle était intimidée, là, debout devant lui, sa main dans la sienne, son regard à lui fixé sur elle.

Pour quelque raison mystérieuse son souffle se précipita. Ses lèvres s'entrouvrirent et elle eut brusquement conscience d'une sensation étrange, jamais ressentie encore, une sorte de vibration dans sa poitrine.

– Il... il faut que... j'aille me préparer pour le dîner, dit-elle précipitamment.

Elle se détourna, prise d'une soudaine panique, retira sa main et courut presque vers la porte. Elle crut l'entendre prononcer son nom, mais elle n'en était pas très sûre. Elle ne savait qu'une chose à cet instant, c'est qu'elle ne pouvait demeurer avec lui plus longtemps : il lui fallait retrouver au plus vite le sûr abri de sa chambre.

12

Lentement, Dacia passa du rêve à la réalité, et, les yeux fermés encore, revit les événements de la soirée précédente. Ils remontaient à sa mémoire comme une série d'images.

Elle retrouvait nettement le petit restaurant où ils avaient dîné, les peintures sur les murs, le plafond décoré par une vigne artificielle, les serveurs vêtus des culottes et des ceintures rouges d'une époque révolue, et les tables entourées d'Italiens qui mangeaient avec tout le bruit, tout le plaisir et toute la joie de vivre de leur race.

Il y avait de la musique; parfois une chanson. Il y avait de grandes assiettées de spaghetti, des raisins doux venant du sud et du vin qui semblait renfermer le soleil lui-même.

C'était gai, amusant, différent de tout ce que Dacia avait vu jusque-là. Ensuite ils avaient été ailleurs : une cave aux murs ornés de bouteilles de vin, où l'orchestre jouait une musique tzigane, sauvage. Puis une autre petite boîte de nuit étroite, éclairée aux bougies, où une gigantesque négresse chantait comme un rossignol et où un orchestre noir versait sur les auditeurs des harmonies qui faisaient naître en eux de complexes émotions.

Dacia n'aurait jamais cru qu'une soirée en compagnie de sir Marcus pût être aussi distrayante. Elle en avait savouré chaque seconde, mais il n'y avait pas eu entre eux de conversation sérieuse : trop de monde, trop de bruit et trop de rires s'y opposaient.

Bien trop vite arriva le moment de rentrer. Lorsque la jeune fille apprit qu'il était 1 heure passée, elle n'en crut pas ses oreilles et elle fut pleine de remords.

– Je suis honteuse! dit-elle. Vous êtes encore convalescent et voilà que je vous empêche de vous coucher à une heure raisonnable! Que dirait mon père?

– Il dirait, je pense, que je viens de prendre une drogue bien meilleure que toutes celles qui se trouvent dans des flacons, répondit sir Marcus.

– Quelle bonne soirée! dit-elle avec un petit soupir.

– Vous êtes-vous vraiment amusée?

– Plus que je ne puis le dire. Jamais je n'ai passé une soirée pareille! Tellement gaie!... Et tous ces endroits captivants où nous avons été... J'ai hâte de décrire tout cela aux petites.

Ils retournèrent à l'hôtel en voiture, au clair de lune. Une lueur argentée brillait sur le dôme de Saint-Pierre et l'air était tiède. Au lieu d'appeler un taxi, sir Marcus avait appelé l'un de ces fiacres antiques rangés en ligne contre le trottoir. Les chevaux avaient l'air triste et les cochers dormaient à demi.

– Une voiture! s'exclama Dacia.

– Je crois qu'il fait assez chaud pour cela.

– Bien sûr. Il fait bien plus chaud que quand nous sommes arrivés.

– Le printemps arrive du sud, remarqua sir Marcus. N'en sentez-vous pas le parfum dans l'atmosphère?

Dacia le regarda avec étonnement. Elle ne l'aurait pas cru capable de dire ce genre de chose; c'était cependant la vérité, il y avait dans l'air une odeur nouvelle où il lui semblait distinguer la senteur trop douce des fleurs d'oranger.

Et Rome paraissait différente. Tout en cheminant sous la lune et les étoiles, Dacia éprouvait comme le pressentiment d'événements proches. L'hiver fuyait, le printemps était là : le rideau se levait.

Ils atteignirent l'hôtel et montèrent dans l'ascenseur.

Devant la porte de leur appartement, sir Marcus s'arrêta.

– Est-il trop tard pour que nous buvions quelque chose?

Dacia hésita. Elle n'avait pas envie de voir s'achever la soirée, elle aurait aimé qu'elle se prolongeât. Il lui semblait d'ailleurs que ce n'était pas fini, il y avait quelque chose d'autre à venir, elle ne savait quoi.

Mais comme elle allait dire oui à la suggestion de sir Marcus, la porte de sa chambre s'ouvrit et Robert parut.

– Oh! vous êtes là! s'exclama sir Marcus. Je ne pensais pas que vous m'attendiez.

– Je ne m'étais pas aperçu qu'il était si tard, répondit le fidèle serviteur. J'ai pensé que vous auriez peut-être besoin d'un coup de main?

– C'est très gentil à vous, Robert, dit sir Marcus un peu sèchement. Bonne nuit, Dacia.

– Vous... ne voudriez pas que je fasse le pansement de votre jambe? demanda la jeune fille.

Elle avait l'impression qu'elle devait le retenir, trouver un prétexte pour demeurer encore un peu avec lui.

– Non, merci, répondit-il. Ma jambe va bien et vous devez être fatiguée. Merci de m'avoir tenu compagnie.

Elle s'éloigna avec un sentiment de déception. Le charme était rompu, l'homme jeune et gai avec lequel elle avait passé des heures si délicieuses avait disparu. Sir Marcus Cunningham était rentré dans sa coquille; il l'avait quittée et elle n'avait plus rien à dire.

Elle se coucha, croyant que jamais elle ne pourrait dormir, tant elle avait de choses dans la tête! Mais elle était plus fatiguée qu'elle ne le croyait et, à peine la tête sur l'oreiller, elle s'endormit.

Maintenant elle se souvenait de tout et elle tentait de retrouver sa joie de la veille.

– Si heureuse! J'étais si heureuse! dit-elle tout haut.

Le son de sa voix lui fit ouvrir les yeux. Le soleil entrait à flot par la fenêtre, un soleil chaud, brillant.

Elle sauta hors de son lit et courut tirer les rideaux; le ciel était bleu. Sir Marcus avait dit vrai, le printemps était là. Le printemps à Rome!

De joie, elle retint son souffle. Des choses merveilleuses allaient arriver, elle en était sûre, mais elle ne savait pas lesquelles.

Elle chanta en prenant son bain, chanta en s'habillant. Elle mit sa robe verte, se regarda dans la glace et vit que ses yeux brillaient.

Tout est merveilleux! se dit-elle.

Robert vint frapper à sa porte et lui dire que sir Marcus était prêt et l'attendait. Elle alla le retrouver, un sourire aux lèvres, la démarche légère, toute joyeuse de le revoir. Mais il était déjà au téléphone, sa jambe étendue devant lui sur un tabouret et, comme elle s'approchait de lui, il s'interrompit seulement un instant pour lui dire bonjour.

Tout à coup, elle se sentit intimidée et elle n'osa pas le regarder, mais elle sentait que tout en continuant à parler il l'observait. Elle sentait son regard sur sa tête, sur ses paupières baissées, sur ses mains tandis qu'elle défaisait adroitement les bandages et mettait de nouvelles compresses sur sa jambe.

La blessure est presque cicatrisée, pensa-t-elle avec une soudaine tristesse. Demain ou le jour suivant il n'aura plus besoin de pansements. Et alors... alors je n'aurai plus qu'à retourner chez moi.

Elle essaya de ne pas y penser, de se concentrer sur ce qu'elle faisait, mais tout le temps elle sentait que sir Marcus l'observait et à cause de cela ses mains tremblaient un peu.

– Le petit déjeuner est servi, sir Marcus, annonça Robert.

– J'ai faim, répondit sir Marcus. Et vous, Dacia?

– Moi aussi, dit la jeune fille. Mais je ne sais pas pourquoi, après tout ce que j'ai mangé hier soir!

Sa voix était hésitante et timide et elle ajouta très vite :

– Avez-vous vu comme il fait beau? Vous aviez raison, le printemps est revenu. Regardez le soleil!

Elle traversa le salon pour aller à la fenêtre. Rome semblait enveloppée dans une lumière dorée : on eût dit que toute la ville éclatait de couleurs, comme une fleur qui s'épanouit.

– Que faisons-nous, aujourd'hui? demanda sir Marcus.

Dacia le regarda.

– Nous? répéta-t-elle.

– Je me demandais si je ne pourrais pas prendre un jour de congé.

Leurs yeux se rencontrèrent et Dacia sentit de nouveau un frémissement la parcourir. Cela ne tenait pas à ce qu'il avait dit, mais plutôt à quelque chose qu'il ne disait pas. C'était là, dans l'espace entre eux, une chose qui existait sans l'ombre d'un doute et qui semblait palpiter, les attirer l'un vers l'autre de sorte qu'elle ne pouvait pas détourner le regard, mais demeurait immobile, le cœur battant, la gorge serrée.

– Dacia!

Sir Marcus prononça le mot d'une manière qui fit soudain bondir le cœur de la jeune fille. Mais avant qu'il ait pu ajouter une syllabe, la sonnerie du téléphone retentit.

– Au diable!

Les sourcils brusquement froncés, sir Marcus décrocha l'appareil.

– Oui, ici sir Marcus.

Entendant des grésillements, Dacia devina qu'il s'agissait d'une communication lointaine. Elle se versa un peu de café, évitant de regarder son compagnon. Elle avait peur, non pas de lui, mais de l'étrange langueur qui l'envahissait.

– Oui. C'est vous, Geoffrey? Je ne pensais pas vous entendre aussi tôt. Comment!...

Sir Marcus avait poussé une exclamation étranglée.

– Que dites-vous? reprit-il. Parlez lentement... je ne peux pas croire cela!

Dacia leva la tête avec inquiétude. Il était clair qu'un événement important s'était produit. Elle lisait la colère et l'indignation sur le visage de sir Marcus : le raidissement de tout son corps prouvait qu'il avait reçu un coup.

– Non, non! cria-t-il dans le téléphone. Vous ne pouvez pas faire ça. Il faut faire paraître un compte rendu, immédiatement. Voyez les journaux du soir et donnez une conférence de presse, c'est la seule chose à faire. Je verrai ce que je peux organiser de mon côté. Oui. Au revoir.

Il raccrocha avec colère et resta immobile un moment, comme assommé.

– Qu'est-il arrivé? demanda Dacia. De mauvaises nouvelles?

Elle eut l'impression que sir Marcus poussait un profond soupir.

– Vous devriez le savoir, dit-il.

– Moi?

– Vous, certes, oui, abominable petite traîtresse! Comment avez-vous pu faire une chose pareille?

– Mais... je... je ne sais pas de quoi vous parlez! murmura la jeune fille, effarée.

– Vous le savez parfaitement bien, riposta sir Marcus. C'était l'un de mes collaborateurs qui me faisait part des gros titres du *Clairon* de ce matin. Maintenant, vous voyez ce que je veux dire?

– Je n'en ai pas la moindre idée.

– Votre innocence est fort bien jouée, déclara sir Marcus. Pour être bien sûr que vous me comprenez, je vais vous citer les gros titres en question : « Sabotage inattendu du Zeus. Une explosion se produit au cours des essais. » Voilà : allez-vous nier que ce soit là votre travail? Prétendrez-vous que vous ne savez rien, que vous n'y êtes pour rien quand le *Clairon* est le seul journal à parler de la chose?

Dacia, le visage subitement privé de toute couleur, joignit les mains, les serra si fort que ses jointures blanchirent.

– Je ne... comprends pas... murmura-t-elle. Je ne comprends absolument pas.

– Combien vous a-t-il payée pour cela, votre ami? demanda violemment sir Marcus, cet ami avec lequel vous disiez être libre de passer vos heures de loisirs? Celui qui était si bon? Vous a-t-il offert de l'argent? Ou avez-vous demandé votre salaire en baisers?

– Ce n'est pas vrai! cria la jeune fille. Je vous le jure, ce... ce n'est pas vrai!

– Comment voulez-vous me faire croire cela? Vous étiez la seule personne au courant, la seule personne à laquelle j'avais raconté l'épisode. J'avais confiance en vous et vous m'avez trahi, et trahi non seulement moi, mais l'Angleterre, car Dieu sait combien pèsent plus dans la balance les intérêts de l'Angleterre que les miens propres en ce qui concerne la vente de ces avions!

Dacia se leva.

– Sir Marcus, il faut me croire : je n'ai pas fait cela. Je n'ai pas soufflé mot à qui que ce soit de ce télégramme d'hier. Je vous le jure.

– Malheureusement vos protestations n'ont pas grande valeur, répliqua sir Marcus. Je vous ai confié, imbécile que j'étais, un secret d'importance nationale et la preuve de votre duplicité est à présent publiée. Je sais que je suis le premier coupable : j'ai été un sombre idiot de croire que vous étiez sincère.

– Ecoutez-moi, je vous en supplie, écoutez-moi!

Sir Marcus se leva.

– Il n'y a rien que vous puissiez dire qui soit pour moi du plus petit intérêt, répondit-il. J'ai été assez stupide pour vous croire différente des autres, assez fou pour vous croire intègre, respectable, une personne droite...

Il s'interrompit et marcha vers elle avec fureur.

– La peste soit de vous! cria-t-il. Allez-vous en! Que je ne vous revoie jamais! Retournez de là où vous venez et, pour l'amour de Dieu, laissez-moi essayer de réparer une partie du mal que vous avez fait!

Il se détourna et sortit de la pièce en claquant la porte avec une telle force que tous les meubles tremblèrent.

Dacia demeura figée sur place comme si elle était changée en pierre. Elle ne pouvait pas y croire, tout cela ne pouvait être vrai! Il ne pouvait pas lui avoir dit ces choses atroces! Elle ferma les yeux et cacha son visage dans ses mains.

Comment Tim avait-il réussi à se procurer cette nouvelle?

Elle sentit des larmes piquer ses yeux, puis, brusquement, brutal comme une tempête, le désespoir la submergea. Elle courut à sa chambre et, les joues ruisselantes, prit sa valise dans l'armoire, l'ouvrit et se mit à la remplir.

Elle y jetait ses affaires sans même les plier, son linge, ses tabliers, ses cols et ses manchettes, son uniforme.

A côté de l'uniforme, la belle robe bleue pendait à son cintre. Sa robe de Cendrillon.

Elle laissa la robe où elle était. Sir Marcus pourrait la donner à qui il voudrait!

Elle pleurait toujours en prenant son petit béret vert et en le mettant sur sa tête. Comme elle tendait la main vers son manteau, le téléphone sonna : elle décida de ne pas répondre et se détourna pour chercher ses gants et se moucher avec énergie, mais la sonnerie persistait et, agacée par le bruit, elle décrocha.

– Allô! dit-elle brusquement.

– Dacia, est-ce vous?

C'était Tim, et elle avait bien trop de peine pour lui en vouloir. Elle répondit d'une voix entrecoupée :

– Tim, comment... avez-vous pu? Comment... avez-vous... écrit ça?

– Ecrit quoi?

– Dans le *Clairon,* aujourd'hui... A propos du... sabotage du... Zeus...

– Cela a-t-il mécontenté sir Marcus?

– Mécontenté? répéta-t-elle, sidérée. Tim, comment avez-vous su cela?

– Comme renseignement, ça valait le coup, non?

– Ce n'est pas... moi qui... vous l'ai... donné, Tim? Oh! Tim, dites que ce n'est pas moi!

– Dacia, vous avez l'air bouleversée... Que se passe-t-il? Vous ne pleurez pas, non?

– Naturellement... Je suis... bouleversée! répondit Dacia. Que... croyez-vous donc? Ne... comprenez-vous... pas? Il croit que... c'est moi... moi qui... vous ai donné le renseignement!

– Sir Marcus croit ça? Il est fou! Bien sûr que vous ne m'avez rien dit! Ecoutez, Dacia, dit le jeune homme, il ne faut pas vous rendre malade comme ça! Que vous a-t-il dit? De quoi vous a-t-il accusée? Je ne tolérerai pas ça!

– Tim, vous ne comprenez pas, j'étais la seule ici à connaître le sa... sabotage du Zeus.

– Et comment! s'exclama Tim. Tout Rome le savait hier soir avant même que Dario ait fini de raconter l'histoire!

– Qui ça?

– Dario Gambatti. Je l'ai entendu vociférer la chose dans un bar. Il était complètement soûl, il célébrait, disait-il la défaite du Zeus. J'ai posé quelques questions de-ci de-là et j'ai découvert qu'il avait révélé le renseignement à tout le monde.

– Mais comment savait-il? Qui est-ce?

– Enfin, Dacia, vous ne savez pas qui est Dario Gambatti?

– Non... je ne crois pas. Il me semble pourtant avoir entendu ce nom.

– Il y a des chances! C'est lui le constructeur de l'appareil italien : l'avion n'est pas mauvais, mais Dario savait qu'il n'avait pas une chance de gagner contre le Zeus. Comprenez-vous, maintenant?

– Oui, mais comment a-t-il su qu'il y avait eu une explosion pendant les essais?

– Ne me demandez pas ça. Mais comme il le criait par-dessus les toits et qu'il devenait de plus en plus ivre, j'ai été obligé d'envoyer le tuyau à mon journal, en toute honnêteté. J'ai demandé au directeur de contrôler l'histoire si possible et je lui ai cité ma source d'information. Je pense qu'il n'a pas réussi à faire confirmer par les gens du Zeus et qu'il a pris le risque de publier l'information.

– Dario Gambatti... murmura-t-elle à mi-voix.

Brusquement elle se rappela une voix de femme qui prononçait le nom de Dario.

– Tim! cria-t-elle, écoutez... A quoi ressemble cet homme?

– Gambatti? Oh! Il est beau gars, si j'en crois les demoiselles!

– Lady Sybil le connaît-elle?
– C'est drôle que vous me demandiez ça. Le bruit court qu'il a le béguin pour elle mais je dois dire que je ne les ai jamais vus ensemble.
– Tim, ne quittez pas, je vous en prie, attendez-moi un instant.
Dacia posa l'appareil et courut frapper à la porte de la chambre voisine. Elle savait que sir Marcus ne s'y trouvait pas mais, comme elle l'espérait, Robert était là, brossant les vêtements de son maître.
– Robert, dit la jeune fille, dites-moi, lady Sybil est-elle revenue hier soir après que sir Marcus et moi sommes sortis?
– Oui, mademoiselle, elle est revenue en effet. J'étais dans la chambre de mon maître quand j'ai entendu du bruit dans le salon : j'y suis allé et j'ai trouvé lady Sybil : elle voulait voir sir Marcus, m'a-t-elle dit. Je lui ai répondu qu'il était allé dîner, elle a dit que ça n'avait pas d'importance et elle est partie sans me charger d'un message de sorte que je n'ai même pas pensé à en parler à Monsieur ce matin. Rien de grave, j'espère?
– Non, non, Robert, c'est très bien.
La jeune fille retourna dans sa chambre et en ferma la porte.
– Tim, dit-elle en reprenant le téléphone, je sais comment Dario Gambatti a eu le renseignement.
– Par lady Sybil? demanda le jeune homme. Je devine que c'est ça!
– Sir Marcus avait reçu un télégramme, reprit Dacia. Il l'a décodé et a laissé le texte sur son bureau. Elle est venue en son absence et la mienne, le valet de chambre vient de me le préciser : elle a dû lire le papier et courir avertir Dario Gambatti.
– Eh bien, cela vous innocente, n'est-ce pas?

– Téléphonez-moi ce soir, voulez-vous? Maintenant, il faut que je sorte.

Dacia remit l'appareil à sa place, mit son manteau et prit sa valise. Un instant elle hésita : dirait-elle à Robert qu'elle partait? Elle décida de n'en rien faire.

Elle passa sans bruit dans le couloir et gagna l'ascenseur.

Dans le hall, elle fit mettre la valise dans un taxi et pria le chauffeur de la conduire à l'aéroport. C'était une extravagance, elle le savait, mais c'était la dernière qu'elle se permettait.

Du taxi, elle tenta de voir tout ce qu'elle pouvait de la Ville Eternelle, mais, cette fois, le charme ensoleillé des murs roses sous le ciel bleu ne réussit pas à la dérider. Il n'y avait en elle que ténèbres et douleur.

Comment sir Marcus l'avait-il crue capable d'une telle action? Certes, tout témoignait contre elle, mais ne pouvait-il pas lui garder sa confiance malgré cela? Ne pouvait-il savoir que jamais elle ne pourrait s'abaisser à une action aussi vile?

Au seul souvenir de sa colère et de ses accusations, elle sentit les larmes remonter à ses yeux. C'était exactement comme s'il l'avait frappée, se dit-elle. Et soudain, avec un désespoir indicible, elle comprit qu'elle l'aimait.

C'était absurde, ridicule, une chose qui n'aurait jamais dû se produire. Et pourtant c'était ainsi, elle l'aimait...

L'aéroport était plein de bruit et d'agitation : des avions arrivaient et partaient, des haut-parleurs hurlaient leurs annonces, des porteurs s'interpellaient parmi les voyageurs gesticulants qui se frayaient un chemin dans la cohue, serrant dans la main leur passeport et leur billet.

Dacia regarda autour d'elle avec angoisse et trouva bientôt un agent de Cook qui lui indiqua l'endroit où prendre son billet.

– Je voudrais être à Londres aussi vite que possible, dit-elle à l'employée.

– N'avez-vous pas retenu de place? lui demanda la jeune fille.

– Non.

L'employée consulta un registre.

– Il reste une place dans l'avion qui décolle à 10 h 30, dit-elle. Dans une demi-heure.

– Cela me convient tout à fait.

Dacia paya son billet. La jeune fille lui indiqua le hall.

– Si vous voulez attendre là, dit-elle, vous entendrez appeler votre vol par le haut-parleur.

– Merci, dit Dacia.

Elle alla s'asseoir dans un confortable fauteuil de cuir et ferma les yeux. C'était l'instant de l'adieu, adieu à Rome, adieu à sir Marcus. Adieu à tant de choses : ses derniers jours de prime jeunesse, de nouvelles expériences, de passionnantes aventures.

Rome, songea-t-elle, lui avait beaucoup donné. Rome avait aussi brisé son cœur. Elle se demanda comment elle affronterait l'avenir, maintenant qu'elle aimait un homme qu'elle ne reverrait jamais.

Dacia poussa un profond soupir. Elle était si affreusement triste. Il ne fallait pas qu'elle se remette à pleurer là, qu'elle se rende ridicule en public.

Elle ouvrit les yeux. Un rayon de soleil ricocha sur l'aile d'un avion et l'éblouit, de sorte qu'elle ne distingua plus rien d'autre que cette lueur étincelante. Et puis, tout à coup, elle « le » vit franchir la porte et s'immobiliser sur le seuil, regardant autour de lui.

La jeune fille fut prise de panique. Elle voulut se lever, se cacher, fuir.

– Il faut que je m'en aille!

Dans son émotion, elle avait parlé tout haut, mais à peine les mots étaient-ils prononcés que, déjà, il était trop tard : sir Marcus l'avait vue et venait à elle.

Et, désormais, elle devint incapable de faire un seul mouvement. Elle resta rivée sur place, le cœur palpitant, la main crispée sur la poignée de son petit sac comme si c'était là une bouée de sauvetage.

Et ce fut un petit visage très pâle et terrifié qui se leva vers sir Marcus, penché au-dessus d'elle.

– Dacia!

Elle crut avoir mal entendu : le ton de cet appel était tellement différent de ce qu'elle attendait! Et puis, il s'assit à côté d'elle et prit ses mains dans les siennes.

Muette, elle le regardait, croyant rêver, pensant qu'il n'était pas vraiment là, avec cet air étrange, inattendu. Elle sentait la chaleur et la force de ses mains et, à ce contact, elle avait l'impression que son cœur tournoyait dans sa poitrine.

– Dacia! Pardonnez-moi!

Ce n'était pas seulement ses paroles, c'était le ton de sa voix. Elle ne pouvait que le regarder.

– Pardonnez-moi, répéta-t-il, je suis sans excuse. Jamais je n'aurais dû dire ce que j'ai dit. J'étais insensé, fou, si vous voulez, de croire un seul instant que vous aviez pu faire cela. J'ai perdu la tête et je me suis emporté, mais ce n'était pas seulement cela. C'est parce que j'avais une telle confiance en vous que j'avais si mal. Pouvez-vous croire cela?

Dacia essaya de parler mais elle n'y réussit pas. Dans sa gorge, quelque chose l'étouffait.

– Ne partez pas, ne me quittez pas! poursuivit sir Marcus. Je sais que vous êtes très fâchée contre moi, je sais que je suis impardonnable, mais j'implore votre pitié. Les infirmières ne doivent-elles pas être compréhensives?

Ses lèvres se tordaient un peu comme s'il essayait de rire de lui-même, mais il n'y avait nulle gaieté dans ses yeux. Son regard suppliait, exactement comme Dacia l'avait vu supplier une fois auparavant : ses yeux avaient l'expression désespérée d'un homme sur le point de perdre ce à quoi il tient le plus, sa vie ou son amour.

Les mains qui tenaient celles de la jeune fille resserrèrent leur étreinte.

– Je ne sais que vous dire. Je voudrais trouver des mots pour vous faire comprendre combien je suis honteux de moi. Je pense qu'il est ridicule d'ajouter que j'ai su dès le début que je me trompais, que vous n'étiez pas capable de trahison. J'en était certain bien avant le coup de téléphone de Taylor.

– Tim vous a dit?...

C'étaient les premiers mots que Dacia pouvait enfin prononcer.

– Oui. Il a deviné que quelque chose clochait, m'a-t-il dit, pendant qu'il vous parlait : il a rappelé dix minutes plus tard pour s'entendre répondre que vous aviez quitté l'hôtel avec votre valise. Dacia, pourquoi avez-vous fait cela? Comment avez-vous pu me laisser ainsi?

– Vous... m'avez dit de... m'en aller, balbutia la jeune fille. Vous m'avez dit que... vous ne vouliez plus... jamais me voir!

– Et vous avez cru cela? Vous l'avez cru après hier soir?

– C'est que... que vous... avez dit...

– Je sais, j'ai dit une masse de sottises, répondit sir Marcus, mais je n'ai pas dit la seule chose que je voulais vous dire, que j'aurais pu vous dire hier soir, mais je n'ai pas osé me risquer. Dois-je le dire maintenant, Dacia? Vais-je être assez brave pour vous avouer que je vous aime?

Elle sentit tout son corps frissonner. Un instant, elle le regarda dans les yeux, puis, comme si ce qu'elle voyait était impossible à supporter, ses cils vinrent battre sur ses joues.

– Ce... n'est... pas vrai.... murmura-t-elle d'une voix tremblante.

– C'est vrai, répondit-il avec vigueur. Je le sais depuis des jours... je l'ai su quand vous m'avez rendu à demi fou en me disant que le comte vous avait embrassée, ce prétentieux petit espion de Camparno. Et j'ai été follement jaloux de Taylor. Ne vous en êtes-vous pas aperçue? Vous aviez l'air d'avoir tant d'affection pour lui, vous en parliez si chaleureusement! Oh! Dacia, vous ne pouvez pas savoir à quel point vous m'avez fait souffrir!

– Comment pouvais-je le savoir? murmura la jeune fille. Je croyais que vous aimiez lady Sybil.

– L'aimer, moi? L'amour, Dacia, c'est ce que je ressens pour vous, ce que je n'avais jamais éprouvé pour aucune femme. Vous êtes ce que j'ai toujours cherché, ce que je cherchais sans le savoir.

Il sourit.

– Au fond de moi, pourtant, je savais ce qu'il en était et c'est pour cela que je vous ai obligée à m'accompagner à Rome. Après vous avoir vue, je savais que je ne pouvais plus vous laisser disparaître, mais je ne me l'avouais pas à ce moment-là, je continuais à me répéter que personne, pas une femme ne signifierait jamais rien pour moi car je n'avais pour elles que mépris. Et puis, chaque jour, à chaque instant, j'ai compris que vous étiez tellement différente, si douce, si gentille, si adorable! Dacia, ai-je une petite chance?

– Une chance? répéta Dacia, abasourdie.

Tout cela paraissait incroyable, et tellement merveilleux. Elle et sir Marcus étaient seuls, autour d'eux le monde s'était aboli. Il n'y avait plus de voyageurs, ni d'avions mais seulement le soleil doré, les battements de leurs cœurs et leurs lèvres frémissantes.

Sir Marcus demanda :

– Dacia, consentirez-vous à m'épouser?

– Croyez-vous que je désire quoi que ce soit d'autre? murmura Dacia. Mais j'ai seulement... un peu peur parce que vous êtes riche et célèbre.

– Quelle importance? Pas pour nous, en tout cas. Oh! Dacia, croyez-vous que vous pourrez m'aimer un peu?

Dacia aurait voulu lui dire qu'elle l'aimait déjà mais elle ne pouvait parler. Tout était trop incroyable et trop beau. De nouveau elle fixa sur lui ses yeux étincelants, s'accrochant à lui de toute la force de ses petites mains.

– Répondez! exigea sir Marcus.

Elle entendit que sa voix tremblait et elle comprit qu'il redoutait sa réponse.

– Je ne... vous quitterai... pas.

– Vous promettez?

– Je... promets.

– Et vous essaierez de m'aimer un peu d'abord,

jusqu'à ce que je puisse vous prouver que je suis capable de m'améliorer, que je peux devenir tout ce que vous désirez que je sois?

– Je... vous... aime.

Enfin, elle avait pu le dire.

Un instant il la regarda fixement. Elle vit la joie irradier son visage, et puis, soudain, il se leva et la fit lever aussi.

– Où allez-vous? Qu'y a-t-il? demanda la jeune fille.

– Nous sortons d'ici. Nous rentrons à l'hôtel. Dacia, ne comprenez-vous pas? Il faut que je vous embrasse, j'en ai envie depuis trop longtemps!

Elle lui sourit pour la première fois. Les fossettes creusaient ses joues.

– Je ne peux pas y croire, murmura-t-elle.

Brusquement, deux grands bras l'entourèrent.

– Qu'importe ce que penseront les gens! dit-il. Je veux vous embrasser tout de suite, je veux être tout à fait sûr que vous êtes à moi. Dites-le encore, Dacia, répétez ce que vous venez de dire, que vous m'aimez. Il faut que j'en sois certain!

Il la serra contre lui. Si on les regardait, ils n'en savaient rien. Ils n'avaient d'yeux que l'un pour l'autre.

Et enfin les lèvres de sir Marcus trouvèrent celles de Dacia, et la jeune fille sut que c'était là ce qu'elle avait toujours espéré.

Les bras de sir Marcus la serraient encore davantage. Elle lui abandonna ses lèvres sans résistance. Elle sentit la joie l'emporter dans le soleil radieux.

1203

Impression Brodard et Taupin
à La Flèche (Sarthe) le 3 avril 1990
1921C-5 Dépôt légal avril 1990
ISBN 2-277-21203-2
1er dépôt légal dans la collection : juin 1981
Imprimé en France
Editions J'ai lu
27, rue Cassette, 75006 Paris
diffusion France et étranger : Flammarion